Donia Rosen widmete Olena Hryhoryshyn ihre Autobiografie „Mein Freund, der Wald", veröffentlicht von Yad Vashem:

„Dieses Buch ist Olena gewidmet und all den namenlosen Olenas, die ihr Leben aufs Spiel setzten, um jüdische Kinder zu retten. Olena, liebe, unvergessliche Olena – wäre ich Bildhauerin, würde ich ein Denkmal für Dich errichten. Ich würde Dein edles Bild verewigen – das Bild einer Mutter, die bereit ist, die größte Grausamkeit zu ertragen, um ihre Kinder zu retten, die bereit ist, ihr Leben zu opfern. Du warst mir eine Mutter – die Mutter, die ich in früher Kindheit verloren hatte. Leider bin ich weder Bildhauerin noch Dichterin, und alles, was ich Dir bieten kann, ist dies bescheidene Geschenk – diese Erinnerungen, die aus tiefer innerer Notwendigkeit geschrieben wurden. Nimm sie an, liebe Olena, als Ausdruck meiner großen Liebe zu Dir, als Ausdruck meiner Dankbarkeit und Anerkennung. Liebe, geliebte Olena, ich werde Dich niemals vergessen."

Bezugnehmend auf die Notwendigkeit des Erinnerns, schrieb Donia Rosen in ihren Erinnerungen: „Ich möchte, dass Ihr uns ein Denkmal baut – ein Denkmal, das bis zum Himmel reicht, ein Zeugnis, das die ganze Welt sieht: nicht aus Stein oder Marmor, sondern aus guten Taten."

Am 15. Juni 1965 wurde Olena Hryhoryshyn von Yad Vashem als Gerechte unter den Völkern anerkannt.

W0400740

Mein Freund, der Wald

von Donia Rosen

mabase verlag
Ein Verlag, der verbindet

Donia Rosen

Mein Freund, der Wald

Übersetzt aus dem Englischen ins Deutsche von Reinhard Ferstl
Herausgeben von Gerty Schübel und Martin Backhouse

mabase-verlag

Bibliografische Informationen der Deutschen Nationalbibliothek
Die Deutsche Nationalbibliothek verzeichnet diese Publikation in der Deutschen Nationalbibliografie; detaillierte bibliografische Daten sind im Internet über http://dnb.d-nb.de abrufbar.

Alle Rechte vorbehalten. Das Werk und seine Teile sind urheberrechtlich geschützt. Jede Verwertung in anderen als den gesetzlich zugelassenen Fällen bedarf der vorherigen schriftlichen Einwilligung des Verlages. Hinweis zu § 521 UrhG: Weder das Werk noch seine Teile dürfen ohne vorherige schriftliche Einwilligung des Verlages öffentlich zugänglich gemacht werden.

Hebräischer Titel, 1971 in Jerusalem
Yedidi ha-ya'ar.

Titel in englischer Sprache: The Forest, my friend, New York – Tel Aviv 1985 first edition. Bergen Belsen Memorial Press. Ins Englische übersetzt durch Mordecai S. Chertoff.

Übersetzung aus dem Englischen ins Deutsche: Reinhard Ferstl, München

Herausgeber*in der Ausgabe in deutscher Sprache: Gerty Schübel und Martin Backhouse

Wir danken Frau Ingrid Einat Lavie, Jerusalem, für die Übertragung der Rechte an diesem Buch für den deutschsprachigen Raum, vom 19. April 2021 und für die ergänzenden Lebensdaten.

Vorsatz: Eigentum von Yad Vashem. Wir danken für die Abdruckrechte mit Schreiben vom June 1, 2021, https://photos.yadvashem.org. für Bild und Text. Alle übrigen Bilder sind Eigentum von Ingrid Einat Lavie.

Titelbild: Gemälde von Maria Allner, München

Titelgestaltung: Fotografie: Martin Backhouse

Korrekturen: Hans-Eberhard Rückert

Layout: Laura Hitz, VDS

Gesamtherstellung: VDS Verlagsdruckerei Schmidt, 91413 Neustadt a. d. Aisch
Gedruckt auf umweltfreundlich hergestelltem Papier

©2021, mabase-verlag, Kirchfarrnbacher Str. 6, 90449 Nürnberg

ISBN 978-3-939171-73-7

Die Geschichte ist eine von vielen ... sie beginnt in einer Welt des Stedl, einer Welt, die durch den grausamen Hass auf Juden vernichtet wurde. Die Geschichte zeigt aber auch, dass der Hass auf Juden den Holocaust möglich machte, und zwar nicht nur der Hass der Deutschen, sondern auch der vielen Mittäter, die es in allen Regionen Europas gab. Die unvorstellbare Grausamkeit machte es möglich, dass das europäische Judentum vernichtet wurde. Die Geschichte ist aber kein Einzelfall. Fast jede jüdische Familie kennt solche Geschichten. Geschichten von Hass, Vertreibung, Trennung, Schmerz und Verrat. Und sie ist ein Teil der heutigen Schicksalsgemeinschaft der Jüdinnen und Juden auf der ganzen Welt. Sie sollte aber auch die Geschichte für die Menschheit werden, damit wir nicht vergessen, aber vor allem damit wir wissen, wozu Menschen fähig sind und dass jede*r einzelne von uns gefordert ist alles daran zu setzen, dass sich solche und ähnliche Geschichten nicht wiederholen. Nirgends auf der Welt und mit niemandem.

August 2021, Diana Liberova

Texte zum Erinnern

Die Erinnerung an die apokalyptische Epoche der Shoa und des Holocaust sollte keine nüchterne Geschichtsschreibung bleiben. Was die Menschheit in diesen wenigen Jahren, die außerhalb der Zeit liegen, durchlebt hat, kann – jenseits von Sorge, Leid und Hass – zum Grundpfeiler eines neuen Humanismus werden. So möge aus der völligen Entmenschlichung, wie wir sie erlebt haben, eine weniger utopische, aber ebenso edle Liebe zur Menschheit erwachsen.

Es ist die heilige Pflicht der Generation von Auschwitz und Belsen sowie der unmittelbar nach dem furchtbaren, alleszerstörenden Katastrophe Geborenen alles Geschehene in Erinnerung zu bringen, bis in die tiefsten Tiefen zu ergründen und an kommende Generationen weiterzugeben. Aus der wunderbaren Wandlung der Spezies Mensch, deren Zeuge wir geworden sind, werden neue Worte, neue Konzepte, neue Ideen, eine neue Vorstellung von der Welt, in der wir leben, eine neue Haltung gegenüber unseren Mitmenschen sowie eine neue Sehnsucht nach Gott und dem Menschen entstehen.

Aus der „Erklärung der Ziele und Absichten" des
REMEMBRANCE AWARD

Lebenserinnerungen von Kindern des Holocaust lassen sich in zwei Kategorien einteilen: diejenigen, die während der Ereignisse verfasst wurden, also die von Anne Frank, Moshe Flinker, David Sierakowiak, Eva Heiman, Aliza Melamed, David Rubinowicz oder Sara Fishkin, und jene, die von Überlebenden nach der Befreiung zu Papier gebracht wurden, etwa von Thomas Geve, Mary Berg, Yanka Hescheless und Jack Kuper. Letzterer Gruppe kann auch Donia Rosen zugerechnet werden. Ihre Odyssee zeichnet sich durch eine Besonderheit aus, die herauszustreichen sich lohnt. Wir begegnen hier dem gejagten Kind, ihren beiden Retterinnen Olena und Paraschka, den Augenzeugen sowie den Deutschen und ihren Helfern unter der örtlichen Bevölkerung, kurz: einem Mikrokosmos des Holocaust als Ganzem. Und all das vor dem Hintergrund des Waldes, der uns an die Rolle der Natur erinnert, die Rettung sowohl unterstützen als auch behindern kann. Die Rettung von Donia und ihre triumphale Heimkehr stehen für mehr als nur ein Einzelschicksal.

Jacob Robinson, litauisch-amerikanischer Jurist,
Historiker und Politiker
28.11.1889, Seirijai – 24.10.1977, New York City

Donia Rosen

I

Das Meer ist ruhig. Gelegentlich zieren flüchtige weiße Schaumhauben die Wasseroberfläche. Die Wellen scheinen unser Glück zu teilen.

Fahre, o Schiff, bring mich rasch zu den Gestaden meiner Heimat!

Ich bin sprachlos vor Rührung. In mir zieht ein Sturm auf. Ich kann meine Gefühle nicht in Worte fassen, bin glücklich – überglücklich: Endlich erreiche ich mein Ziel.

Man schreibt das Jahr 1948 und ich stehe an der Schwelle zu einem neuen Leben. Aber kann ich all das vergessen, was mir widerfahren ist? Niemals!

Die Vergangenheit ist tief in mein Herz eingebrannt. Ich erinnere mich an alles: gute wie schlechte Tage, Kindheit. Kindheit – das Wort hallt in meinen Gedanken gedämpft und verzerrt wider.

War ich wirklich je ein Kind? Ich erinnere mich an meine Kindheit, als sähe ich sie durch einen Schleier in der Ferne. Es ist unendlich lange her. Nach und nach kehren die Erinnerungen zurück, Erinnerungen an eine uralte Sage, die ich einmal kannte und die nun wieder Wirklichkeit wird. Einst lebte ich in diesem Sagenland, und damals nannte man mich tatsächlich „Kind“.

Nie werde ich das vergessen. Ich war klein, lernte gerade laufen und war der Quell von Freude und Liebe im Haus. Die ganze Familie lachte über meine ersten, unverständlichen Worte. Ich war reich in jenen Tagen. Die Welt und alles in ihr gehörten mir: der Himmel ebenso wie die Berge. Ich flog fröhlich singend über die höchsten Gipfel.

Überall um mich herum sah ich die Wunder der Natur, sie erschienen mir wie reinste Zauberei. Ich war heiter und fühlte mich geborgen. Plötzlich erzitterte der Himmel und die Erde öffnete sich unter meinen Füßen. Meine Welt wurde zerstört und ich stürzte in die Tiefe. Über Nacht wurde ich erwachsen. Der Sturm zerrte mich in ein neues, grausames Leben. Unsichtbare Kräfte stärkten mich in meinem Kampf mit dem Schicksal. Mit einem Mal war ich auf mich gestellt und lernte, mich zwischen den vom Leben Gezeichneten zu behaupten. Der schöne Traum verblasste. Ich war nur noch an Jahren ein Kind.

Nun stehe ich an der Schwelle eines neuen Lebens. Mein Herz ist voll Hoffnung, und ich fühle eine neue Kraft in mir aufsteigen. Das Schiff schwankt in den Wellen. Bald, sehr bald schon, werden wir die Ufer der Heimat sehen. Als wir uns ihr nähern, gehen mir Bilder von nie wiederkehrenden Tagen durch den Kopf. Ich sehe Bilder von Menschen, die nicht mehr leben.

* * *

Scheschory war ein großes Dorf in den Karpaten. Ein dunkelgrüner Wald, dicht und fast undurchdringlich, fasste es wie ein Kranz ein, umschmiegte es ringförmig. Die ausladenden Äste seiner Bäume waren von einer dicken, rissigen Rinde bedeckt, auf der getrocknetes Harz gleich einer schorfigen Wunde klebte. Jeden Tag bearbeiteten Spechte die Äste, als wollten sie das Holz auf seinen Gesundheitszustand prüfen. Kleinen Tieren boten die Gehölze Schutz. Eichhörnchen sprangen behände von Zweig zu Zweig, Singvögel fanden im Geäst Zuflucht und taten sich zu lauten, geschwätzigen Chören zusammen. Im Schatten der Kronen siedelten Pilze. Der ganze Wald war durchwirkt von einer Aura geheimnisvoller, vom Menschen ans Licht gezerrter und vernichteter Vergangenheit. Das laute Hacken der Axt, wenn man die alten Bäume fällte, wurde vom Wind weitergetragen. Es tat weh, die hölzernen Riesen fallen zu sehen. Fast schien es, als teilten auch die Tiere die Sorge der alten Kiefern, wenn sie vor jeder Spur menschlicher Aktivität weit hinein in die Tiefen des Waldes flohen. Dort drinnen, wo ewige, unergründliche Dunkelheit herrschte, gab es eine Höhle. In alter Zeit, so erzählten sich die Menschen, wurde sie von dem ukrainischen Gesetzlosen Dovbush und seiner Banditenschar bewohnt, die nur den Reichen auflauerten, ihnen Geld und Juwelen abnahmen und ihre Beute den Armen gaben. Bis heute munkelt man, dass in der Höhle noch ein Gold- und Silberschatz aus Dovbushs Zeiten verborgen liege. Geschichten wie diese befeuerten die kindliche Fantasie und weckten meine Neugier. Einmal stattete ich der Höhle einen Besuch ab, doch erschrak ich schon allein bei ihrem Anblick. Man erreichte sie nur schwer; Felsen blockierten wächtergleich ihren Eingang. Unweit davon erhoben sich zwei Felswände scheinbar bis in den Himmel. Ein Strahl reinsten Wassers rann an einer der beiden herab, als würde der Allmächtige selbst Sturzbäche flüssigen Goldes vom Himmel schütten. Die aufragenden Wände schienen sich nach oben einander zuzuneigen, sodass das Licht kaum noch bis nach unten durchdrang. Ganz oben, wo die Wände sich berührten, gab es eine riesige, halbkreisförmige Lücke. Ich stellte mir vor, vor einer verzauberten Höhle zu stehen, aus der jeden Augenblick eine

Bande von Räubern mit langen Bärten und scharfen Säbeln in den Händen herausstürmen würde. Schnell drehte ich mich um und floh aus dem Schatten der bedrohlichen Felswände. Aus der Ferne konnte ich das Murmeln des Waldes und das Rauschen des Bachs hören. Der von Felsen durchsetzte, wilde Pistynka durchschneidet Dorf, Wald und Hügel. Sein stürmisches Wasser überwindet alle Hindernisse. An einer Stelle zwängt es sich durch zwei hohe Berge, an einer anderen hat es sich einen eigenen Weg gegraben. Es tobt und wütet, bis es die Oberkante der Felswand erreicht, dann stürzt es sich mit ohrenbetäubendem Tosen hinab.

Aus dem ganzen Land kamen Menschen hierher, um die großartige Berglandschaft zu bewundern. Für sie wurden Straßen befestigt und Wege durch die Wildnis gezogen. Die Älteren im Dorf brachten oft ihre Sorge darüber zum Ausdruck, dass die wilde Schönheit der Natur unter dem Voranschreiten der Moderne leiden könnte. Eine breite Straße verlief durch das Dorf. Sie stieg an, immer und immer weiter, und wand sich wie eine Schlange. Die Fuhrwerke schnitten Furchen in sie, die sich während der Regentage mit Wasser füllten. Die langsam trocknenden Pfützen waren dem Vorankommen hinderlich. Gegründet worden war das Dorf an einem hohen Berg namens Hamul, dessen Flanken mit grünem Bewuchs überzogen waren. Die Hütten kauerten sich hier eng aneinander, Schule, Bibliothek und Kirche standen gemeinsam auf einer Seite. Das Haus meines Großvaters stand direkt am Fuß des Bergs. Es war eine Straßenwirtschaft, in die jeder Reisende einkehrte, der Nahrung und ein Dach über den Kopf für sich sowie einen Ruheplatz und Futter für seine müden Pferde suchte. Nie ging jemand achtlos an diesem Gasthaus vorbei, ganze Generationen kehrten dort ein. Sonntags erfüllten die Gesänge der jungen Männer vom Volk der Huzulen das Haus. Bier und Schnaps flossen in Strömen, und oftmals betranken sich die Zecher fast bis zur Besinnungslosigkeit, um sich schließlich stark schwankend auf den Heimweg zu machen. So sahen die typischen Vergnügungen der Dörfler an Festtagen aus.

In diesem Gasthaus am Rand des Dorfs, das am Fuß des Bergs lag, wuchs ich auf. Hier durchlebte ich märchenumwölkte Kindertage. Herden grasten auf den Weiden und Schäfer spielten auf ihren Flöten eingängige Melodien. Nach Sonnenuntergang hüllte sich der Wald in Dunkelheit und wurde zu einem geheimnisvollen, beängstigenden Ort. Alle eilten in ihre Häuser zurück. Schafe und Rinder kehrten mit vollen Bäuchen und bimmelnden Glocken an ihren Hälsen von den Weiden heim. Die Schäfer flüsterten sich Geheimnisse zu. Erntearbeiter kamen mit geschulterten Sensen von der Arbeit und gingen in ihre Hütten, wo das Abendessen auf sie wartete. Die letzten Sonnenstrahlen berührten das Dorf vom Berggipfel aus und segneten das Tagwerk. Auch ich kehrte an solchen Tagen erschöpft heim. Großvater und Großmutter warteten jedes Mal auf mich und begrüßten mich herzlich.

Das ganze Haus war durchdrungen von Glück und Freude, Wärme und Zuneigung füllten es bis in die hinterste Ecke.

Mit dem Winter änderte sich die Stimmung. Die Wälder und Weiden wurden von einem glitzernden weißen Mantel bedeckt. Wasserläufe verstummten; eine dicke Eisschicht brachte den sonst rauschenden Bach zum Schweigen. Die Straße zierte ein weißer Teppich, der Fahrrinnen und Schlaglöcher unter sich verbarg. Schlitten glitten über die Straße, während klingende Glocken an den Pferdehälsen Passanten warnten: Ding-dong-ding, zur Seite, zur Seite! Kinder warfen Schneebälle oder jagten auf ihren Schlitten die Hänge hinunter. Die Sonne, deren Strahlen die schweren Wolken nur mit Mühe durchdrangen, lächelte gütig auf die verspielte Jugend hinab. Wenn sich am Abend der Frostbildhauer ans Werk machte, kehrten die Kleinen an der Seite ihrer von der Arbeit des Tages müden Väter nach Hause zurück. Eine einnehmende Wärme erfüllte die Hütten, Feuer knisterte in den Öfen. Die Frauen saßen da und spannen langes Leinengarn oder bestickten mit flinken Fingern weiße Kleider. Draußen fiel der Schnee, während es unmerklich kälter wurde.

In unserem Haus versammelten sich in den langen Winternächten, wie es sich für ein Gasthaus gehört, immer viele Menschen. Jung und Alt saßen an den Tischen, man rauchte Pfeife und unterhielt sich. Alles war Wasser auf die Mühlen der Gäste: Sie diskutierten über Tagesereignisse, Probleme zu Hause und auf dem Hof. Nach und nach weitete sich das Gesprächsfeld und entfernte sich von Alltäglichem. Erinnerungen an längst vergangene Tage wurden heraufbeschworen. Ein weißhaariger alter Mann, der älteste in der Gruppe, sprach oft über die Kriege, an denen er teilgenommen hatte. Die Pfeife zwischen die Zähne geklemmt erzählte er von furchterregenden Moskalen und tollkühnen Kosaken. Mein Großvater redete über den Ersten Weltkrieg, über die Qual, in Tagen endlosen Tötens fern der Heimat zu sein, und über das Abschlachten der Juden – er zeigte dann stets die Narben auf seinem Kopf. Ich saß mit den anderen da und lauschte gebannt den Geschichten. Schon das bloße Wort „Krieg“ hatte etwas Geheimnisvolles, schwer Fassbares und Beängstigendes. Schließlich wechselten die Gesprächsthemen erneut. Diese alten Haudegen, die ihr Leben lang gegen die Naturgewalten, gegen wilde Tiere und alle möglichen Fährnisse gekämpft hatten, waren zutiefst abergläubisch. Sie redeten von wandernden Planeten, von Geistern und Dämonen, die kleine Mädchen aus ihren Häusern stahlen, von Teufeln in den Wäldern, die Kinder entführten. Nach solchen Geschichten konnte ich jedes Mal nicht schlafen. Ich lag wach da und dachte über die Welt um mich herum nach, eine Welt aus Alpträumen und Schrecken. Diese Volkssagen erschütterten mich bis in die Tiefen meines Inneren und hatten enorme Auswirkungen auf meinen Seelenzustand. Sie ängstigten mich so sehr, dass ich es nie mehr aushielt, allein im Haus zu sein. Gleichzeitig wagte ich es nicht mehr, bei Nacht hinauszugehen, hatte Angst vor wandernden Planeten, Dämonen und Geistern.

Auch das Leben der Tiere veränderte sich im Winter. Die meisten versteckten sich in ihren Höhlen und warteten auf die Wärme. Nur diejenigen, die die Natur mit einem vor Kälte schützenden Fell ausgestattet hatte, liefen noch durch den Wald und hinterließen ihre Spuren im dicken Schnee. Besonders die Vögel litten unter dem Kälteeinbruch. Sie mussten ihre Nester verlassen und weit weg über die Meere in wärmere Länder fliegen. Manche aber blieben hier und verbrachten den Winter mit uns. Wir Kinder fütterten sie mit Brotkrumen. Ich sammelte sie jeden Tag und gab sie den Vögeln, die mich nach einiger Zeit schon kannten.

II

Ich war zwei Jahre alt, als man mich in dieses wilde, schöne und majestätische Land brachte. Meine Mutter war bei der Geburt meiner Zwillingsbrüder gestorben, und so hatte Großmutter die kleine Waise in ihr eigenes Haus aufgenommen. Ich war ein verwöhntes Kind, launenhaft und oft krank. „Eher steigen die Toten aus ihren Gräbern, als dass dieses Kind überlebt", sagten die Leute. Und doch überlebte ich dank der Pflege meiner Großmutter. Sie saß manche lange Nacht an meinem Bett, so müde sie auch von der Arbeit des Tages war, summte Schlaflieder oder erzählte mir Märchen vom Rotkäppchen oder von verzauberten Rittern, während ihr die Augen vor Erschöpfung zufielen. Ich hörte ihr aufmerksam zu, den Blick auf ihr vom Alter gezeichnetes Gesicht gerichtet. Selbst wenn ich Angst hatte und zitterte, bettelte ich sie an fortzufahren: „Bitte, Oma, erzähl weiter. Ich mag deine Märchen und Geschichten." Nie hatte ich das Gefühl, dass mir eine Mutter fehlte – ich konnte mich ja nicht einmal an sie erinnern. Von Zeit zu Zeit allerdings fragte ich mich schon: Warum habe ich keine Mutter? Wer hat sie mir genommen? In solchen Augenblicken überkam mich eine kindliche Wut, das Verlangen, nach draußen zu laufen und meine Mutter aus der Umklammerung dieser unsichtbaren Macht, die man Tod nannte, zu befreien.

Mein Vater heiratete wieder und ließ sich in Cenow bei Kolomea nieder. Er besuchte mich nur selten. Ich wuchs einsam auf und fühlte mich dabei wie eine Kiefer im Wald. Meine größte Freude war es, allein in seinem Dickicht herumzustreifen. Ich hatte immer einen kleinen Korb dabei, in dem ich Waldbeeren oder Pilze sammelte, bis ich müde war. Dann setzte ich mich unter einen Busch und lauschte dem Murmeln des Waldes und dem Gesang der Vögel. Der Wald überwältigte mich – ich versank in Tagträumen, stieg auf zum Himmel, flog auf Flügeln der Fantasie, bis ich von jemandem mit einem Zweigbündel auf den Schultern oder einem Tierchen, das meine Beine streifte, jäh aus einsamen Träumereien gerissen und in die Wirklichkeit zurückgeholt wurde. Dann stand ich auf und lief nach Hause, wo man sich in der Regel schon Sorgen um mich gemacht hatte. Manchmal stahl ich mich leise aus dem Haus und eilte zur Wiese, um mit den Schäfern zu spielen. Das war für meine Großeltern ein ständiger Grund zur Sorge. Großvater sagte oft: „Was soll aus ihr werden zwischen diesen Huzulenkindern? Eine Shikseh, was sonst?" Und schüttelte dabei betrübt den Kopf. Ich verstand nicht, wovon er redete und warum ich anders war als sie. Ich wollte nichts als spielen und mit anderen Kindern zusammen sein.

Ich erinnere mich an einen Vorabend des Sabbats. Das Haus war bis in die kleinste Ecke peinlich genau in Ordnung gebracht worden. Großmutter legte ein glänzendes weißes Tuch auf den Tisch. Sie bereitete das Challah zu und zündete die Sabbatkerzen an. Deren Licht erhellte das Haus angenehm und verbreitete eine Festtagsstimmung. In dieser Nacht war es anders als sonst. Niemand wagte, die Schwelle des Gasthauses zu übertreten und nach Schnaps zu fragen. Alles war so ruhig, so friedvoll. Großvater hielt uns an, die Vorhänge zuzuziehen und die Fensterläden zu schließen. Betend stand er da und sprach dann den Kiddush.

„Warum müssen die Läden zugemacht werden?", fragte ich.

„Jemand könnte einen Stein werfen", war seine Antwort. Eine heimliche Angst stieg in mir auf. Ich mochte diesen Abend, er war so schön – warum sollte jemand uns stören wollen? Aber die Angst verflog. Am Morgen hatte ich alles vergessen und war wieder das geborgene, fröhliche Kind.

Mit sechs Jahren kam ich in die Schule. Ich war in meiner Klasse die einzige Jüdin – so nannte man mich. Gierig sog ich jedes Wort des Lehrers auf. Unbekannte Welten erschlossen sich mir, Geheimnisse, von denen ich mir nie hätte träumen lassen. Es schien mir, dass ich nichts weiter tun musste, als den hinter unserem Haus aufragenden Berg zu überqueren, um neue Länder zu sehen. Weit weg, am Horizont, würde sich ein riesiges, tosendes Meer erstrecken. Aber manchmal, wenn mich meine Mitschüler als „Jüdin" verspotteten, kam die latente Angst wieder. Ein eigentümliches Unbehagen stieg in mir auf.

„Ich bin nicht anders als sie", sagte ich zu mir. „Ich empfinde beim Anblick der erhabenen Berge, der grünen Felder und tosenden Bäche um uns herum wie sie. Warum gebrauchen sie die Bezeichnung ‚Jüdin' mit solcher Verachtung?" Ich spielte weiter mit ihnen, verbrachte in und außerhalb der Schule die meiste Zeit mit ihnen. Die Jahre vergingen – und das Unbehagen wuchs.

1939 wurde die westliche Ukraine von der Sowjetunion annektiert. Für mich aber änderte sich dadurch nichts. Ich nahm weiter auf, was man mich in der Schule lehrte, und führte ein ruhiges Leben ohne nennenswerte Änderungen oder dramatische neue Eindrücke, wie in jedem Dorf. Aber die Festung aus Ruhe und Frieden hielt nicht lange stand. 1941 schloss ich die sechste Klasse ab, ohne auch nur zu erahnen, dass Brutalität und Unheil gleich jenseits des Zauns lauerten. Am 22. Juni des Jahres brach der Krieg aus. Deutsche Truppen marschierten in die Sowjetunion ein. Wie flüssige Lava ergossen sie sich über Europa. Nichts konnte sie stoppen. Dörfer, Städte, ja, ganze Länder, ergaben sich ihnen. Die Welt lag im Sterben.

Eines Morgens weckte mich Großmutter voller Angst: „Donia“, sagte sie zitternd, „die sowjetischen Soldaten sind weg und es ist niemand mehr da, der das Dorf führt. Was wird mit uns passieren?“ Auf der Straße kamen geschwächte und verwundete Menschen zurück. Der Weg war ihnen versperrt worden von der vorrückenden deutschen Armee, die das Dorf eingeschlossen und eine Flucht zusammen mit der sich zurückziehenden Roten Armee verhindert hatte.

„Wir sind verloren“, murmelte Großvater mit zitternder Stimme. Aus ihm sprach die Angst vor einem Schicksal, aus dem es kein Entrinnen gab. Seine Augen, aus denen Verzweiflung sprach, schienen sich von der Vergangenheit, ja, vom Leben selbst zu verabschieden. Tiefer Kummer erfasste ihn. Die Familie versammelte sich stumm und aus ihrer Stille sprach mehr, als Worte je hätten zum Ausdruck bringen können. Ängstlich klammerte ich mich an Großvater. Wir zitterten bei jedem Geräusch draußen – alles schien die Invasion wilder Plünderer anzukündigen. Menschen, die ich liebte, die ich seit meiner Kindheit kannte, versetzten mich mit einem Mal in Schrecken, und ihr bloßer Anblick ließ mich erzittern. Und doch schien sich um uns herum nichts verändert zu haben. Alles war, wie es immer gewesen war – nur das Murmeln des Waldes hatte einen neuen Ton. Es war zornig und warnte uns vor drohender Gefahr. Plötzlich war alles feindselig und beängstigend. Ich fürchtete mich vor der Dunkelheit des Waldes, aus seinem Gestrüpp starrte mich die Gefahr an. Die zugesperrte Tür, die geschlossenen Läden waren unser einziger Schutz. Wir saßen still und bedrückt da. Alles um uns herum war verstummt. „Die Deutschen sind da. Was wird jetzt aus uns werden?“, fragten wir uns alle. Der Wasserkessel summte laut. Zögernd goss Großmutter Tee ein. Ich nahm meine Schulbücher und Hefte – welch angenehme Erinnerungen waren damit verbunden! Sollten sie wirklich nur noch Erinnerungen sein? Würden die guten Tage je wiederkehren, jene ruhigen Tage frei von Sorge? Großvater und mein Onkel begannen allerlei Dinge auf dem Dachboden zu verstecken und ich nahm meine Bücher zusammen und suchte ebenfalls nach einem Versteck dafür. Ich wollte nicht, dass man sie umherwarf oder der Feind darauf trat. Ich wollte nicht, dass der Wind mit ihren Seiten spielte und sie verwehte.

„Um uns herum nur Leid und Chaos", meinte mein Onkel bekümmert, „und sie hat nichts Besseres zu tun, als mit ihren Büchern herumzulaufen ..."

Diese Bücher und die Auszeichnung für meine Leistungen, die ich zum Schuljahresende bekommen hatte, waren mein ganzer persönlicher Reichtum, und ich wollte ihn bewahren. Jeder von uns wanderte in Gedanken versunken und allein mit seinen Sorgen herum, doch nie kam es auch nur einem von uns in den Sinn, dass der Tag kommen würde, an dem wir um das Leben selbst betteln würden müssen. Unterdessen wuchs unsere Angst. Ich fürchtete die Nacht, nicht wissend, ob auf sie die Hoffnung der Morgendämmerung oder ein Morgen der Dunkelheit und des Unheils folgen würde. Ich konnte nicht schlafen. Schwarze Schatten bewegten sich vor den Fenstern. Eines Nachts, als ich endlich wegdämmerte, weckte mich ein schreckliches donnerndes Geräusch, gefolgt von einem Schrei und einem unterdrückten Stöhnen. Ich war zu Tode erschrocken.

Albtraum oder Wirklichkeit? Ich wollte gerade schreien, als plötzlich ein Umriss wie aus dem Nichts erschien, mich bedrohte und mich anherrschte, still zu sein. Ich versuchte mich zusammenzunehmen. Wo war ich und was passierte mit mir? Ich starrte auf die bewaffnete Silhouette, die einen Augenblick lang still dastand und dann die Kissen von meinem Bett zu nehmen begann.

Ich traute meinen Augen nicht: Es war der Vater meiner guten Freundin Natalka. Ich wollte schreien und konnte nicht. Mit einem Mal verstand ich das ganze Grauen der Situation. Ich stand wortlos auf. Um mich herum war alles zerschlagen und zerbrochen, völlig zerstört. „Wo sind Oma, Opa und mein Onkel?"

Keine Antwort. Zerbrochenes Glas zerschnitt mir die Füße. Die Plünderer waren fortgegangen, nachdem sie ihr Werk verrichtet hatten. Ich konnte nirgendwo hingehen, niemanden fragen, was mit meinen Liebsten passiert war. Die Stunden vergingen. Ich blieb allein inmitten des wüsten Durcheinanders aus zerbrochenen Überbleibseln, und ich war eines von ihnen. Kurz vor Tagesanbruch kam meine Großmutter zurück, dann Großvater und schließlich mein Onkel. Als ich sie sah, konnte ich die Tränen nicht mehr zurückhalten und weinte hemmungslos.

„Nicht weinen, nicht weinen", murmelte Großmutter. „Danke Gott, dass wir noch am Leben sind." Aber ich konnte nicht aufhören – es war die erste große Enttäuschung meines Lebens. Auch Großvater weinte, die Tränen rannen über sein Gesicht. Er schluchzte wie ein Kind, hilflos und untröstlich. Ich hatte noch nie einen Mann weinen sehen. Seine Tränen waren für meine zutiefst verletzte Seele wie ein glühend heißes Eisen auf eine offene Wunde. Schließlich sagte Großvater: „Nun, Kinder, räumen wir zusammen, was von unserem elenden Leben, in dem wir so viel Leid und Qual erfahren haben, übrig geblieben ist. Wir müssen nach Kossiw und dort mit den anderen Juden auf unser Schicksal warten."

Großvaters Worte erschienen mir wie eine Grabrede für seine eigene Beerdigung. Auf der Straße gingen Juden, die aus ihren Häusern geflohen waren – aus Kosmatsch, Brustur, Prokurawa und all den anderen Dörfern der Gegend. Verzweifelte Mütter trugen Kinder in ihren Armen. Manche hatten gebrochene oder ausgerenkte Beine. Nur mit größter Mühe schleppten sie sich voran, mit mechanischen Bewegungen, verwirrt und desorientiert, und krochen bei ihrer Flucht vor der Gefahr dem Unbekannten entgegen. Sie alle wollten leben und ihr Leben mit jeder Faser ihres Seins fortsetzen. So machten sie sich auf den Weg mit nur einem einzigen Gebet im Herzen: zu leben. Und wir schleppten uns mit ihnen.

Am Dorfrand stand unser Gasthaus einsam und verlassen. Der Wind heulte klagend durch die offenen Türen und Fenster. Jeder Reisende, der die Gaststätte am Wegrand einst zu besuchen pflegte, würde sich an die verschwundenen Juden erinnern. Der Berg ragte vor uns auf wie ein Mahnmal und der Wald erzählte uns flüsternd vom Leben, das für immer vergangen war. Ich blickte zum letzten Mal auf die Dorfschule zurück und sah bereits eine Hakenkreuzfahne über ihr wehen.

Wir ließen das Dorf hinter uns und zogen bei meinem Onkel Mendel Figer in der Roznov-Straße in Kossiw ein. Jeden Morgen ging Großvater in die Synagoge, betete zu Gott und bat ihn um Gnade. Die Straßen waren völlig menschenleer, niemand wagte es, draußen gesehen zu werden. Die Juden saßen hinter verschlossenen Türen, zitterten vor Angst und trösteten sich mit vergeblichem Hoffen. Die Deutschen dagegen stolzierten mit erhobenen Häuptern auf der Suche nach Raubgut durch die Straßen der Stadt. An den Ecken lauerten sie auf Opfer wie eine Katze auf Mäuse. Wen sie erwischten, dem drohte ein schreckliches Schicksal. Das bedauernswerte Opfer wurde schikaniert und gemartert, die einzige Erlösung verhieß der Tod. Tag für Tag erlagen den Häschern Unglückselige und starben qualvoll. Aber die Hinterhalte lieferten nicht genug Opfer und so begannen die Deutschen, mit Gewalt in die verschlossenen Wohnungen einzudringen und ihre Wut an den hilflosen Juden darin auszulassen. Ihr erstes Opfer war stets ein Jude mit langem Bart, den sie mit irrem Lachen nach draußen zerrten. Sie schlugen Frauen, vergewaltigten Mädchen und schleppten die Männer auf die Straße, wo sie sie zwangen, abwechselnd zu laufen und sich auf den Boden zu werfen, während sie mit Knüppeln auf sie einschlugen, bis das Blut aus ihren geschundenen Körpern rann. Sie zerrten sie die Straße entlang und, wenn sie ihrer Späße überdrüssig wurden, erschossen sie ihre Opfer oder warfen sie einfach in den Fluss. Manchmal zwangen sie die Männer auch, gegen ihre Armeehunde zu kämpfen. Die Tiere waren gut dressiert und verbissen sich auf Befehl in ihre Opfer, um sie zu zerfleischen. Währenddessen standen die deutschen Ghule auf den Balkonen der Häuser, feuerten die Hunde mit ihren Befehlen an und sahen den „Kämpfen" mit obszöner Schadenfreude zu. Die Tage des Terrors gingen weiter. Noch immer schien die Sonne und sandte ihre angenehme Wärme, doch die Nacht und der Morgen brachten schon Kälte. Tagsüber war die Luft rein und erfrischend. Die Straßen hallten wider vom Geplauder der Menschen, die den Rest Wärme aufsogen, die Juden aber saßen in ihren Löchern wie vergiftete Ratten und atmeten die stickige Luft. Unsere Kraft schwand, während sich der Terror fortsetzte. Ständige Gerüchte verbreiteten Panik und quälten uns gnadenlos. Die Essensvorräte gingen zur Neige und der Winter rückte drohend näher. Die Deutschen befahlen, ihnen Gold und alle Wertsachen auszuhändigen, ja, sogar unsere guten Kleider. Überall, fast bei jedem Schritt, sah man Schilder mit der Aufschrift „Juden Zutritt verboten" und in der ganzen Stadt wurde der Befehl ausgegeben: „Tötet die Juden. Die Juden sind unser Unglück."

III

So lebten, oder besser: litten wir. Am frostigen Morgen des 16. Oktober, als die Stadt noch in Angst gehüllt schlief, kesselten SS und Gestapo sie ein. Ihre Gehilfen lauerten nicht länger in Ecken, sondern stolzierten triumphierend und mit verächtlichem Grinsen durch die Hauptstraßen. Sie trugen Peitschen und machten sich mit ungeduldigem Appetit auf die Jagd. Großvater ging wie üblich beten. Meine beiden Onkel waren zwei Tage vorher aufgebrochen, um Essen herbeizuschaffen, und nicht zurückgekehrt. Großmutter, meine Tante, ihre vierjährige Tochter Salka und ich blieben allein im Haus zurück. Plötzlich weckte uns ein Schreien. Wir blieben, wie an das Bett geklebt, liegen, als suchten wir dort Sicherheit – gleich gejagten Tieren in ihrem Lager. Die Schreie kamen näher. Wir hatten keine Ahnung, was passierte, aber es war zweifellos etwas Schreckliches. Eine Frau stürmte mit letzter Kraft ins Haus. Sie konnte kaum sprechen und stieß schließlich hervor:

„Lauft, lauft um euer Leben! Die Deutschen haben eine Aktion in der Monastyr-Straße gestartet und auf die ganze Stadt ausgeweitet. Sie greifen sich Juden und zerren sie zum Platz vor dem Gericht. Wer zu fliehen versucht, wird erschossen." Wohin sie vom Platz aus geschafft werden, wusste niemand. Im Nu waren wir angezogen. Der Sturm hatte bereits unsere Straße erfasst: Er wütete vor unseren Augen und brachte überall Tod und Zerstörung mit sich. Nicht in meinen schrecklichsten Alpträumen hätte ich mir einen solchen Anblick vorstellen können. Menschen hetzten wie von Sinnen herum, taumelten, stolperten, fielen ... Mütter verloren ihre Kinder und die Deutschen drehten ihnen wie Hühnern die Hälse um. Sie rannten hinter der fliehenden Menge her, schrien, drohten und schwangen ihre Peitschen. Wir sahen, wie sie unsere Nachbarn aus dem Haus zerrten, und konnten die lauten Flüche hören: „Verdammte Juden!" Zeit zu überlegen, was zu tun sei, war nicht. Angst und Entsetzen ließ uns jegliche Kontrolle verlieren. Wir eilten durch die Hintertür hinaus und die Treppen hinauf. Tantchen verlor das Bewusstsein. Die Belladonna-Tropfen, die sie immer bei sich trug, waren ihr im Trubel abhanden gekommen und wir hatten nichts, um sie wieder aus ihrer Ohnmacht zu holen. Großmutter konnte mit ihren 72 Jahren nicht sonderlich schnell laufen und die kleine Salka wimmerte jämmerlich. Unter uns lag die blutgetränkte Stadt. Stöhnen, Schmerzensschreie und Kreischen vermischte sich mit den Rufen und Verwünschungen der Deutschen. Die Menschenmenge schwoll an und wurde zu einer Masse zusammengetrieben, die ein bitteres Schicksal erwartete. Plötzlich kam unser Nachbar Sakowski zu uns.

„Bitte sag uns, was geschieht," flehten wir ihn an. „Was passiert da?"

„Ich weiß es nicht genau", antwortete er. „Ich habe gehört, dass sie die Menschen in Lager bringen. Wer wegzulaufen versucht, wird erschossen. Und sie erschießen die Alten und Schwachen und auch die Kinder."

Mit diesen Worten floh er in Panik. Tantchen war noch immer ohnmächtig und Großmutter hilflos. Und sie hatten ein kleines Kind bei sich. Ich war die Starke. Plötzlich rief Großmutter: „Liebstes Kind, reiß dir den gelben Flicken ab, binde die Haare zusammen – vielleicht ist Gott dir gnädig und du wirst nicht erkannt. Lauf zu Sawitzkah. Bitte sie, bitte sie inständig, uns zu verstecken. Wenn wir überleben, werden wir sie belohnen. Und wenn wir verloren sind, wird Gott sie bestrafen. Schnell, schnell, hab keine Angst. Wir haben nichts mehr zu verlieren."

Trotzdem hatte ich entsetzliche Angst. Aber die Worte „wir haben nichts mehr zu verlieren" und der flehende Blick, mit dem Großmutter mich ansah, gaben mir die Kraft zu gehen. Noch nie im Leben wollte ich etwas so sehr, wie ich nun leben wollte. Ich eilte zu Sawitzkah. Als sie mich sah, war sie überrascht. Rasch verschloss sie die Tür. Ich begann ihr zu erzählen, was ich wollte. Ich erinnere mich sonst an nichts mehr – nur noch, welche Worte aus mir heraussprudelten.

„Ich kann nicht, meine Liebe, ich kann doch nicht mein eigenes Leben aufs Spiel setzen". Ich hörte ihre Antwort und ich verstand, wie sie sich fühlte. Ich flehte nicht mehr. Gerade wollte ich gehen, als plötzlich ihre Tochter Yadziah hereinkam.

„Mutter," sagte sie. „Lass sie zu uns. Wir können einen Platz finden, an dem sie sich verstecken können."

Ich lief zurück, dankbar für unser Glück, und segnete Yadziah stumm. Nie hätte ich gedacht, dass ihre süßen Worte Lug und Trug waren! Sie versteckte uns in einer Ecke des Dachbodens hinter einer hölzernen Trennwand. Nach einer Weile brachte Yadziah die Familie Morgenstern zu uns. Sie hatten sich im Badezimmer versteckt, als die Deutschen ihre Wohnung durchsucht hatten. Das Schießen draußen ging ohne Unterlass weiter.

„Wir wären besser in einem Lager, als hier zu sterben," meinte Morgenstern.

„Glaubst du denn wirklich, dass die da draußen in Lager gebracht werden? Ich habe gehört, dass sie in Kolomea alle Juden zusammengetrieben, in den nächsten Wald geschafft und dort erschossen haben," erwiderte seine Frau.

Wir lebten in einem Vakuum, ohne eine Vorstellung davon, was wir noch zu erwarten hatten. Plötzlich hörten wir Großvaters Stimme. Es war ihm gelungen, von der Synagoge zurückzukehren, doch hatte man ihn direkt vor dem Haus erwischt.

„Lassen Sie mich leben, lassen Sie mich leben!" flehte er seine Mörder an. Seine heisere Stimme bebte vor Angst. Er heischte Mitleid wie ein verlassenes Kind. Ich kann nicht beschreiben, was das in mir auslöste. Ich weiß nur, dass der Klang seiner flehentlichen Stimme bis in die Tiefen meiner Seele drang und mich bis ins Mark erschütterte. Mein Geist schmolz wie Schnee in der heißen Sonne. Ich biss in meine geballten Fäuste und fühlte nichts, als sei die Faust taub. Heißer und kalter Schweiß brachen mir abwechselnd aus. Es war kein Deutscher, der meinen Großvater gestellt hatte, sondern ein namenloser Unhold mit einem Stock. Er konnte kaum Deutsch: „Los, verfluchte Juden", stieß er hervor.

„Ich bitte Sie, lassen Sie mich leben," bettelte Großvater weiter. Ein harter Schlag brachte ihn zum Schweigen. „Ich bitte Sie …," konnte er noch hervorbringen, dann verstummte er. Wir nahmen Abschied von ihm, stillen Abschied.

Am Nachmittag stürmte Yadziah in unser Versteck. Sie schien wie verwandelt. „Gebt mir eure Schlüssel," schrie sie uns an. Ohne auch nur einen Augenblick zu zögern händigten wir ihr unsere Hausschlüssel aus. Dann konnten wir durch die Bretter sehen, wie sie in unserem Haus herumging, als sei es ihr eigenes, und nahm, was ihr gefiel. Aber Materielles war uns völlig gleich geworden, es schien nichts mehr mit uns zu tun zu haben.

Zwei Tage vergingen. Das Schießen ging Tag und Nacht weiter. Am dritten Tag hatte Yadziah unser Haus völlig leergeräumt. Dann warf sie uns hinaus.

IV

Ich ging als Erste und wollte erneut Sakowski um Hilfe bitten. Die Tür ihres Hauses war verschlossen. Ich ging im Hof herum und sah Fidel Steiner, der mir Zeichen gab zu verschwinden. Kaum hatte ich mich umgewandt, um zurückzugehen, da versperrte mir nach ein paar Schritten ein 15-jähriger Strolch plötzlich den Weg. Ich konnte ihm nur mit Mühe ausweichen, doch er begann hinter mir herzulaufen. Er erwischte mich, doch ich wehrte mich, bis sein Vater, der Hundefänger aus dem Ort, herbeieilte und mich bei den Haaren packte. Er zwang mich, vor ihm herzugehen. Im Hof lag blutüberströmt mein Tantchen. Ein rothaariges Mädchen – die Tochter der „Gnade Gottes", wie ihn jeder nannte – zerrte Salka hinter sich her. Salka schrie aus Leibeskräften: „Mama, Mama, ich will leben." Großmutter ging hinter mir. Die Stadt lag trostlos und verlassen da, keine Menschenseele war zu sehen. Leichen lagen mitten auf der Straße und auf den Türschwellen. Die Gehsteige waren blutgetränkt. Überall auf dem Boden lagen Kleider verstreut. Heilige Bücher waren von gotteslästerlichen Händen zu Haufen aufgeschichtet worden. Während der Wind in ihren Seiten blätterte, schrien die Bücher: „Höre, o Israel."

Wie war es möglich, dass die Grundfesten des Himmels nicht einstürzten? Warum bebte die Erde nicht? Wie konnte an einem solchen Tag nur die Sonne scheinen? Wo war das menschliche Gewissen geblieben? Wo waren die Menschen?

Der böse Satan hatte seine Schwingen über das Universum gebreitet und bewegte sich mit heimtückischem Lachen durch die Straßen und Häuser. Um uns herum herrschte Grabesstille. Aus jeder Ecke blickte der Tod. Die streunenden Hunde hatten sich verkrochen und nicht einmal Katzen waren zu sehen. Man brachte uns zum Gerichtsgebäude, das zum Todeshaus geworden war.

Als wir dort eintrafen, kam gerade ein Trupp Männer heraus. Sie trugen schwarze Uniformen der SS mit einem Totenkopf auf der Mütze. Diese Aktion ist vorbei," sagte einer von ihnen. „Du wirst sie zur nächsten Aktion bringen." Er wandte sich an einen der Verbrecher. „Hast du das verstanden, du alter Hund?" Sogar der Tod hatte Mitleid mit uns, während die, die uns gefangen hatten, keinerlei Mitleid kannten.

Sie führten uns vom Gericht auf den Berg. Um uns herum war nichts als Zerstörung. Wir waren verlassen, ohne jemanden, der uns retten konnte. Hilflos gingen wir mit, ergeben in unser bitteres Schicksal, wie all jene, die um uns herum verstreut waren. Vergeblich appellierten wir an das Gewissen unserer Peiniger. Der Wind trug unsere Worte fort, niemand hörte uns. Sie brachten uns auf den Pistin, den Berg in der Nähe des Dorfs. Dort hatten früher Menschen im Schatten der Bäume die reine Luft und die Schönheiten der Natur genossen. Paare hatten sich hier einst ihre Liebe zugeflüstert. Nun war der Berg zum riesigen Grab geworden. 2500 Menschen hatte man hier abgeschlachtet und begraben, manche von ihnen nur halbtot. All das war innerhalb von zwei Tagen geschehen – in einer „Aktion", die 48 Stunden gedauert hatte.

Wir befanden uns neben einem Fluss aus Blut. Ein leises Stöhnen drang von unten zu uns. In unserer Nähe lag ein weiterer Haufen Toter, niemand stand daneben. Leichen brauchen keine Wächter, die Toten kehren nicht zum Leben zurück, sie heben keinen Finger mehr. Alles war still um uns herum, beängstigend still. Nur dieses leise Stöhnen. Wir, die wir an den Gräbern standen, hatten das Gefühl, dass die Seelen der Toten noch lebten. Sie durchbohrten unser Gewissen und schrien nach Rache. Nie werde ich dieses Bild vergessen. Es ist bis heute nicht verblasst und quält mich nach wie vor.

2500 Menschen waren hier ermordet worden und lagen nun vor mir in einem Massengrab. Gerade einmal zwei Tage vorher hatte ich noch mit einigen von ihnen gesprochen. Vor zwei Tagen waren sie noch voller Hoffnung gewesen. Nun murmelte nur noch der Wind über ihrem Grab, kreisten nur noch schwarze Krähen über ihnen.

Der Boden war übersät mit zerrissenen Geldscheinen und Dokumenten, die zitternde Hände noch schnell zerfetzt hatten, bevor der Tod ihnen jede Bewegung nahm. Auch später noch ließen mich die Toten nachts nicht schlafen, konnte ich das Brot vor mir nicht essen. Auf meinem Teller sah ich Scheiben von ihren Körpern, sah ihr rotes Blut in meiner Tasse.

Oben auf dem Berg war jedoch niemand mehr, der uns zu einem Teil der ermordeten Massen gemacht hätte. Die Aktion war vorbei. Die Nazi-Mörder waren müde. Das Schießen, das zwei ganze Tage lang ohne Unterbrechung angedauert hatte, hatte sie erschöpft, ihre Seelen jedoch nicht berührt. Die ukrainischen Hajdamaken ließen uns widerwillig frei und trösteten sich mit der Vorstellung, dass uns lediglich Aufschub gewährt war, nur eine kurze Frist bis zur nächsten Aktion.

Unser Haus stand leer und verlassen, alles darin war zerstört. Wir brachten unsere verwundete Tante hinein, die noch immer blutete.

Verzweifelt saßen wir da, zitternd, unsere Herzen zerfressen vor Furcht. Die Gräuel, die wir gesehen hatten, zerrissen unsere Körper und Seelen – wir waren die lebenden Toten. Wir fragten uns, wer noch am Leben war, und saßen zusammengedrängt, unfähig zu denken. War es uns wirklich gelungen zu überleben?

Ein oder zwei Tage danach tauchten Einzelne auf, getriebene, verängstigte Menschen, die über dem, was sie gesehen hatten, fast wahnsinnig geworden waren. Sie fielen sich in die Arme, weinten und lachten hysterisch. Nach allem, was wir erlebt hatten, konnten wir kaum glauben, dass wir wirklich dem Tod entronnen waren. Wir begannen wieder zu atmen. Jeder von uns dankte Gott für seine Rettung, obwohl wir wussten, dass wir keineswegs gerettet waren. Bevor der Tag vorüber war, hatte jeder von seiner ermordeten Frau oder seinen getöteten Kindern erzählt. Ein paar Tage später kehrte mein Onkel zurück. Mendel Figer war fast verrückt geworden. Er führte die kleine Salka an der Hand und rief: „Gebt mir meine Kinder!" Zipporkah Brecher kam aus Kuty zu uns; ihre Eltern waren in Kossiw ermordet worden. Als wir in ihre Wohnung gingen, sahen wir das Frühstück noch auf dem Tisch stehen – sie waren nicht mehr dazu gekommen, es zu essen. Ein paar Laibe Brot, nicht ganz durchgebacken, lagen noch im alten Ofen.

Verwaiste Kinder wanderten ziellos durch die Straßen. Sie gingen in der Nähe ihres Zuhauses umher, in dem sie noch zwei, drei Tage vorher Kinder mit Eltern gewesen waren. Nun waren sie mit einem Mal Waisen geworden und wie verloren gegangene Schafe sich selbst überlassen. Manche hielten Bilder ihrer Lieben umklammert. Andere sammelten das Spielzeug auf, das auf dem Boden verstreut lag – tragische Relikte eines Lebens, das nur wenige Tage zuvor pulsiert hatte. Vergeblich hielten die Kinder Ausschau nach ihren Eltern und riefen ihre Namen.

Großvaters zitternde Stimme, sein letztes Flehen – „Lassen Sie mich leben“ – klang mir noch in den Ohren, lauter noch als in dem Augenblick, da er diese Worte ausgestoßen hatte. Wir wurden die Eindrücke des Todes nicht mehr los, nicht die auf dem Pistin ermordeten Opfer, nicht die in der Synagoge verbrannten Menschen, nicht die Leichen in den Straßen. Die Freude, überlebt zu haben, verflog rasch. Die unheilvolle Wirklichkeit lastete drückend auf uns. Ohne Hoffnung auf eine Zukunft saßen wir in zerstörten Nestern und erinnerten uns jener, die den Mördern zum Opfer gefallen waren. Wir sprachen über Dr. Gertner, der sich am Rande des Grabs auf dem Pistin seinen Mördern zugewandt und sie angeschrien hatte: „Das ist deutsche Kultur!“ Wir redeten von Rachel Letich, die sich den Mördern nicht gebeugt und ihre Befehle nicht befolgt hatte. Sie hatte sich geweigert, am Rande des Grabs ihre Kleider auszuziehen. „Wenn ich tot bin,“ hatte sie ihren Henkern zugeworfen, „könnt ihr mit mir tun, was ihr wollt. Solange ich lebe, werde ich mich nicht ausziehen.“

Die Tage wurden dunkler und die Nächte immer bedrückender. Jede Bewegung, das geringste Geräusch weckte die Angst vor einer weiteren „Aktion“.

Einige der Überlebenden bauten Bunker, andere ersannen allerlei Verstecke. Sie schliefen in Gräben, unter Brücken – überall, nur nicht in ihren Wohnungen. Wir hatten begonnen, unser grausames Schicksal hinzunehmen, und waren überzeugt, dass neues Ungemach drohte. Jeder verstrichene Tag, jede durchschlafene Nacht erschienen uns wie ein Geschenk des Himmels. Die deutsche Militärpolizei, die Gestapo, die Kriminalpolizei und die ukrainische Miliz erhöhten tagtäglich die Zahl der Opfer und brachten neue Zerstörung, neue Tragödien.

Der Judenrat war als eine Art Mittler zwischen uns und den Deutschen – zwischen Leben und Tod – eingerichtet worden. Wenn einer der Deutschen aus einer Laune heraus etwas Unmögliches forderte, stand ihm der Judenrat zu Diensten. Mithilfe der Polizei erledigten seine Mitglieder Aufträge und sorgten dafür, dass auch noch den schwierigsten Forderungen Folge geleistet wurde – selbst jenen, deren Erfüllung völlig unmöglich schien. Wer am Leben blieb, händigte die Reste seines armseligen Besitzes aus, in der illusorischen Hoffnung, dass er sein Leben rettete, wenn er möglichst viel in den Schlund des Drachen stopfte. Eines Tages verlangte die SS, dass eine Villa im Huzulenstil für sie gebaut werde, und drohte, alle Juden umzubringen, sollte sie nicht zur vorgegebenen Zeit errichtet werden. Die Villa, die sie „Valligura" nannten, nahm vor unseren Augen Formen an wie ein greifbarer Schrecken. Der Kreishauptmann Volkmann forderte immer weitere Verbesserungen für sich und seine Frau. Feldwebel Bayer, ein Feldgendarm, schickte die neuen Listen dieser Verbesserungen. Ein Rebke forderte für sich und seine Mätressen ebenfalls immer wieder etwas Neues. Es gab noch Dutzende andere, die das Gleiche taten, an deren Namen ich mich aber nicht mehr erinnere. Als eines Tages Gouverneur Frank eintraf, wurden wir gezwungen, für einen Empfang zu seinen Ehren Utensilien und Essensvorräte aus den Verstecken zu holen. Und so verging der Winter. Kein Tag und keine Stunde waren gleich, Unglück folgte auf Unglück.

V

Am 24. April 1942 wurden wir in das jüdische Viertel verlegt. Nicht jeder kam dorthin, nur qualifizierte Arbeitskräfte. Die übrigen Juden sollten in das Ghetto von Kolomea gebracht werden. Die Deutschen nannten die Aktion verächtlich „Himmelfahrtskommando". Es war grauenvoll – allenthalben herrschte Angst und Schrecken. Wir waren vom Rest der Welt abgeschnitten. Mein älterer Onkel floh mit seiner Familie nach Kuty und wurde dort umgebracht. Meinem jüngeren Onkel dagegen gelang es, bei der deutschen Feldgendarmerie eine

Arbeit als Kutschfahrer zu finden, und so konnte er für uns die Erlaubnis bekommen, im jüdischen Viertel zu bleiben. Großmutter als seine Mutter blieb hier, ich wurde als seine Frau registriert, und meine Cousine, die knapp ein Jahr jünger war als ich, ließ er als Tochter seiner ersten Frau eintragen. Die anderen Familien, die hierbehalten wurden, mussten bei Arbeitsleiter Rebke, einem wilden Tier, vorstellig werden. Als er Verdacht schöpfte und der Meinung war, dass die Familienverhältnisse falsch waren, befahl er jedem, auf einem Platz in der Nähe zu erscheinen, wo eine allgemeine Untersuchung stattfinden sollte. Wir bekamen entsetzliche Angst. Mein Onkel Berl Figer, ein Junggeselle, musste sich als Witwer verkleiden. Ich war seine zweite „Frau" – mit zwölf Jahren. Meine „Stieftochter", also die Tochter meiner Tante, war ebenfalls zwölf. Wir beide glichen uns wie ein Ei dem anderen. Doch wir hatten keine Wahl, wir mussten das Risiko eingehen.

Am Tag der Untersuchung war mein Onkel unrasiert und ernst, wie es sich für einen Witwer gehört. Ich trug Schuhe mit hohen Absätzen, auf denen ich nur mit Mühe balancieren konnte. Dazu hatte ich eines von Großmutters langen Kleidern angezogen, ein weites, dunkles Gewand, damit ich älter aussah. Ich schnitt mir meine Zöpfe ab, machte mir Locken und lief zu allen Nachbarn, um sie zu fragen: „Sehe ich alt genug aus?" Meine „Stieftochter" zog ein sehr kurzes, farbenfrohes Kleid und eine weiße Bluse an. Sie trug ihr Haar in langen Zöpfen mit Schleifen und ging barfuß. Jemand riet ihr, noch ein Spielzeug mitzunehmen. So gingen wir zum Platz hinaus, der voller Menschen war. Jeder kam in einer Art Verkleidung: Manche gaben vor, viel jünger zu sein, als sie wirklich waren, andere wesentlich älter. Hätte uns die Angst nicht so gelähmt, wären wir wohl alle in Gelächter ausgebrochen. Aber wir wussten, dass wir sterben würden, wenn unser Spiel aufflog. Trotz des Trubels konnte ich den SS-Mann sehen, der unser Schicksal in der Hand hatte. Er allein würde entscheiden, ob wir leben durften oder sterben mussten.

Ich hatte das Bedürfnis, mich hinter meinem Onkel zu verstecken, riss mich aber mit letzter Kraft zusammen und spielte die Rolle, die ich angenommen hatte. Obwohl meine Beine schwach waren, stand ich aufrecht und stark da, nicht weit von dem Tisch entfernt, an dem der aufgeblasene, blutrünstige Rotschopf saß. Er knurrte und brüllte wie ein Tier. Mein Herz schlug wie ein Hammerwerk. Ich hatte Angst, den Blick zu heben. Zehn Minuten waren wie Jahre – wir erwarteten unser Schicksal.

„Ach, ihr Juden, ihr Schwindler! Los, weg!“ Er knurrte uns an wie ein Löwe, der aus seinem Käfig entkommen war. Wir eilten davon, dankbar, noch einmal überlebt zu haben.

Das jüdische Viertel bestand aus einer einzigen Straße, die einen Bach entlangführte. Mit Ausnahme jener, die für den „Löwen“ arbeiteten, war uns strengstens verboten, es zu verlassen. Stets drängten sich auf der schmalen Straße Menschen, die Überbelegung und der Drang nach frischer Luft trieb sie aus ihren Wohnungen. Unweit des jüdischen Viertels erstreckte sich die Festwiese, wo man sich, wenn auch unter Lebensgefahr, heimlich hinstehlen konnte, um für ein Stück Brot Wertvolles zu verkaufen – oder besser einzutauschen. Stunde um Stunde standen dort vom Hunger zerfressene Juden, die sich alle möglichen Habseligkeiten über die Schulter gehängt hatten und um Glück betend hofften, dass ein Bauer auftauchen und die Gelegenheit nutzen würde, ein gutes „Geschäft“ zu machen. Jeden Tag wurde der Hunger größer und bohrender, doch gab es nichts, um ihn zu stillen. Menschen schleppten sich wie lebende Skelette herum und warteten darauf, dass der Tod sie von ihrem Leid erlöste. Frauen in Lumpen durchwühlten die Abfallgruben auf der Suche nach Nesselblättern, die ebenfalls kaum aufzutreiben waren. Die bittere Pflanze, einst verschmäht, war zur begehrten Nahrung geworden.

Alle, die arbeiten konnten, strömten zum Arbeitsamt, wo Aufgaben verteilt wurden. Wir marschierten in Viererreihen dorthin.

Alles geschah sehr diszipliniert und in strikter Ordnung, doch auch hier wurden wir oft geschlagen. Mich teilte man zusammen mit anderen Mädchen zum Arbeiten für die deutsche Feldgendarmerie ein. Die Arbeit war schwer und wurde stets von Peitschenhieben begleitet. Anfangs arbeiteten wir im Gemüsegarten, dann wurden wir zum Holzhacken getrieben, das Schlimmste aber war der Bau einer Garage. Wir mussten Eimer voll Zement schleppen und den Maurern Steine reichen. Doch die Männer hatten noch schwerere Arbeit zu verrichten. Wir wurden immer schwächer; manchmal konnten wir kaum noch atmen. Unsere Kehlen waren trocken und unsere leeren Mägen marterten uns unsäglich. Eines Tages warfen die Deutschen einen verdorbenen Kohlkopf in den Müll. Die Juden warfen sich auf den Fund und verschlangen ihn mitsamt dem Schmutz, der an ihm haftete. Es war ein erschütternder Anblick, aber Hunger war noch schlimmer als Würdelosigkeit. Einmal versteckte mein Onkel einen Rettich und schmuggelte ihn heraus. Die Deutschen aber erwischten ihn und verprügelten ihn mit solcher Brutalität, dass er nur wie durch ein Wunder überlebte.

Die grausame Wirklichkeit machte mich ernst. Ich lernte, still zu leiden. All meine früheren Fragen hatten ihre Bedeutung verloren. Nur eine blieb, auf die ich jedoch keine Antwort finden konnte! Warum das alles? Was war der Grund? Ein ukrainisches Lied fiel mir ein:

Tag folgt auf Tag
Nacht auf Nacht
Ich lege meinen Kopf auf meine Hand
Und frage mich, warum er nicht kommt,
Der Apostel der Wahrheit und Weisheit …

Am 19. September 1942 verfügten die Deutschen, dass sich alle Bewohner des jüdischen Viertels auf dem Stadtplatz zu registrieren hatten. Wer der Aufforderung nicht nachkomme, hieß es, werde mit dem Tode bestraft (eine Drohung, mit der man jeden Widerstand der Juden brechen wollte). Das Viertel war in Aufruhr. In jeder Ecke wurde geflüstert: Was sollte man tun? Was würde geschehen? Zeit für Spekulationen war kaum, ebenso wenig aber gab es einen Ausweg. Wir alle sahen die schwarze Schrift, die sich bedrohlich von dem weißen Papier abhob: „Neun Uhr, auf dem Platz." Jeder war sich sicher, dass zu diesem Zeitpunkt eine blutige Tragödie mit dem bitteren Tod als Protagonisten stattfinden würde. Die Angst raubte uns den Atem, unsere Körper waren wie gelähmt, uns schwindelte, das Blut rauschte in unseren Ohren, und ein Schrei des Entsetzens stieg aus unserem Innersten auf. Traurig, hilflos blickten wir umher. Stille. Wir hatten keine Worte, um unsere Angst zu beschreiben. Nur eine Nacht blieb uns noch. Am nächsten Morgen würden wir alle auf dem Platz zusammenkommen müssen. Wenn diese Nacht nur ewig dauern würde! Wenn sie uns nur verschlingen, uns für immer mit ihrem schwarzen Mantel bedecken würde – nur damit wir nicht den deutschen Häschern in die Hände fielen.

Manche sprachen von Verstecken, andere dachten daran, Gift zu nehmen. Wir redeten überhaupt nicht. Ich saß an Großmutter gekauert, in Gedanken weit, weit weg. Mir schien, als würde der Morgen schon grauen und ich könnte bereits Schüsse hören.

Mein Gott, wie kann man nur selbst auf den Opferaltar klettern, dachte ich. Ich wand mich aus Großmutters Armen und rannte wie wild im Zimmer herum. Schließlich fiel ich zu ihren Füßen auf den Boden, jede Kraft war aus mir gewichen. Großmutter umarmte mich heftig und betete flüsternd. Ihr Herz, das Herz einer alten Mutter, war vor Schmerz gebrochen. Die meisten ihrer Kinder – Söhne, Töchter, Enkel – waren tot. Ihr waren nur noch ein Sohn und ich geblieben. Morgendliches Grau begann die Dunkelheit zu verdrängen, die Sterne verblassten und langsam zog der Tag herauf. Wir standen alle zusammen. Niemand hatte einen Ausweg gefunden.

Die Frist rückte näher. Plötzlich stürmte mein Onkel herein und begann, von plötzlicher Entschlossenheit getrieben, mit rauer Stimme zu flüstern. „Wir gehen nicht zum Platz. Wir werden uns nicht in ihre Gewalt begeben. Wir verstecken uns. Kommt schnell!"

Ich war verblüfft über seine Entscheidung. Da wir schon aufbruchbereit waren, gingen wir eilends hinaus und versuchten erst gar nicht, vorsichtig zu sein – wir hatten nichts mehr zu verlieren. Es war unser letzter Versuch, unser letzter Griff nach Rettung, nach dem Leben. Auf dem Dachboden von Hillmans dreistöckigem Haus versteckten wir uns in einer Ecke hinter einer hölzernen Trennwand. Begleitet wurden wir von einer alten Frau, ihrer acht Tage alten Enkelin und zwei Frauen, von denen eine ihren einjährigen Sohn in den Armen hielt. Wir hatten nichts zu essen. Keiner fühlte sich in diesem Versteck sicher, vor den gerissenen Deutschen waren wir darin nicht gefeit. So saßen wir einfach nur da, um nicht direkt zur Schlachtbank gehen zu müssen. Das Tageslicht breitete sich immer mehr aus, aber unser Verschlag wurde lediglich von einem einzigen schwachen Lichtstrahl erhellt, der durch eine Ritze in den Brettern hereinfiel. Wir konnten kaum unsere Gesichter erkennen. Wie versteinert harrten wir aus, voller Angst, dass eines der Kinder einen Laut von sich geben oder weinen und uns dadurch verraten könnte, wussten wir doch, dass schon das leiseste Geräusch unsere Vernichtung bedeuten würde. Aber die Kleinen schliefen den süßen Schlaf der Kindheit, ohne sich des Schreckens um sie herum bewusst zu sein.

Bald jedoch würden sie hungrig sein, bald würden sie zu weinen beginnen, dachten wir, dann wäre alles vorbei. Unterdessen waren immer mehr Schüsse zu hören. Es war nun völlig klar, dass es sich nicht um eine Registrierung, keine neue Aktion handelte, sondern die letzte Liquidierung der Juden – jener, die das vorige Blutbad überlebt hatten. Wir hatten keinerlei Hoffnung mehr, wussten wir doch, dass wir uns heute oder vielleicht auch morgen in unser Schicksal ergeben würden müssen. Niemand draußen wurde am Leben gelassen. Das Viertel war nach wie vor umstellt. Die ukrainische Polizei und die Deutschen zerrten die wenigen verbliebenen Juden aus ihren Häusern, in denen sie sich verkrochen hatten. Nun erreichten sie auch das Haus, in dem wir versteckt lagen. Wir konnten ihr schweres Atmen hören. Nur eine dünne Wand trennte uns. Eines der Kinder bewegte sich.

„Wir sind verloren", flüsterte jemand. Die alte Frau packte das Kind und umklammert es panisch, es wimmerte kurz. Die Deutschen waren schon auf dem Weg die Treppe hinunter. Die alte Frau hielt den Säugling in ihren Armen – tot. Die Deutschen gingen, andere kamen. Die Qual wurde unerträglich. Es gab nichts zu essen, das Kleinkind trank an der eingefallenen Brust seiner Mutter.

Jeder von uns wusste, dass wir nicht durchhalten würden. Es war sinnlos, sich zu verstecken, unsere Zeit war abgelaufen. Schon war eine Woche vergangen, seit wir uns auf dem Dachboden versteckt hatten. Wir hatten die letzten Krumen, die wir dort gefunden hatten, gegessen und hielten es nicht mehr aus. Der Hunger quälte uns unsäglich. Ich spähte durch eine Ritze nach draußen. Die Straße war leer bis auf die Patrouillen, die hin und her marschierten. Plötzlich begann das Kind zu wimmern und fing an zu schreien; die verzweifelte Mutter konnte es nicht beruhigen. Ein Deutscher, der vorbeiging, blieb stehen. Er horchte, rief andere Deutsche und zeigte auf unser Haus.

„Wir sind verloren, die Deutschen haben das Kind schreien gehört und kommen jetzt", rief ich. Ich lief zu Großmutter und kauerte mich an sie. Das Kind schrie weiter. Ich verkroch mich in einer hinteren Ecke. Im Nu waren die Deutschen da und rissen die Bretterwand nieder. Ich wurde ohnmächtig. Als ich wieder zu mir kam, konnte ich mich an nichts erinnern. Ich befand mich auf einem großen, leeren Dachboden. Um mich herum war es dunkel und ruhig. Die Nacht brach herein. Ich war allein. Niemand antwortete auf meine Rufe. Langsam stand ich auf, sank jedoch wieder zu Boden. Ich hatte nicht mehr die Kraft zu stehen.

VI

Wie war es mir gelungen, am Leben zu bleiben? Ich wusste es nicht, aber ich wusste, dass ich allein, verlassen und verloren war. Ich wusste, dass ich niemanden mehr hatte, alle meine Lieben mussten tot sein. Eine grenzenlose Verzweiflung packte mich. Wohin sollte ich mich in diesem Land des Todes wenden? Sollte ich mich meinem Schicksal ergeben? Mir eingestehen, dass alles vorbei war, dass das Leben zu Ende war? Nein, nie würde ich das tun, niemals!

Ich wollte leben! Ich war zu schwach, um ein Ende zu machen. Oder war es der Wille zu leben, mit letzter Kraft zu kämpfen?

Ich will leben, wenigstens noch bis einen Tag nach dem Krieg überleben, sagte ich mir. Diese Gedanken gaben mir neue Kraft. Ich stand auf, bereit für alles. Die Dunkelheit um mich herum war wie eine schwarze Masse, die man mit dem Messer schneiden konnte. Da hörte ich jemanden die Treppe zum Dachboden heraufkommen. Ich war sicher, dass es ein Deutscher war, und erstarrte vor Angst. Plötzlich tauchten Lichter auf und ich sah zwei Gestalten, verängstigt, dünn und blass – Menschen, die in diesem Haus gelebt hatten. Einer von ihnen war der Vater des Kindes, das erstickt worden war, Haim Huzul (das war sein Spitzname, an seinen richtigen Namen erinnere ich mich nicht). Der zweite war Werner. Die beiden waren erstaunt, mich zu sehen, und auch ich konnte meine Überraschung darüber, auf welch seltsame Weise ich verschont geblieben war, nicht verhehlen. Ich fragte sie, was ich tun sollte.

„Mir scheint," sagte Werner, „dass du zu den Deutschen gehen solltest, um dem ganzen Leid ein Ende zu bereiten und deinem Onkel und deiner Großmutter zu folgen. Warum sollst du dein Leid für nichts verlängern, warum allein und gemartert herumwandern? Unsere Frauen und Kinder wurden abgeschlachtet, die Stadt ist leer und verlassen. Morgen sind auch wir weg. Niemand wird überleben."

Das war die Stimme der Wirklichkeit. Aber ich weigerte mich, sie zu hören.

Nein, ich will mich nicht in ihre schmutzigen Hände begeben, dachte ich. Leise verließ ich den Dachboden. Die Wohnung war leer. Auf der Straße hörte man nur den schweren Schritt der marschierenden Patrouillen. Ich traf die nötigen Vorbereitungen, indem ich den Flicken mit dem Davidstern abmachte und mein Haar richtete. Als die Schritte verklungen waren und der Trupp weit weg war, gab mir Haim Huzul ein Zeichen und ich ging ohne einen Blick zurück auf die Straße hinaus. Ich lief auf „ihre" Seite hinüber und ging schnellen Schrittes, tat so, als fühlte ich mich sicher und hätte nichts, wovor ich Angst haben müsste. Wie Lichtblitze erschienen Menschen vor meinen Augen. Ich eilte zur Pistin-Straße am Ortsrand. Hier konnte ich etwas aufatmen. Die Stadt selbst lag ruhig und bedrohlich da. In einigen Häusern brannten Lichter – ein Hinweis darauf, dass dort noch Menschen lebten. Aus der Entfernung drang Musik zu mir, was wie Salz auf meine Wunden war. Neben mir befand sich das Gefängnis.

Könnten diese Wände nur sprechen, sie würden erzählen, was hinter den Gittern geschehen war und gerade in diesem Augenblick noch geschah.

Ich starrte auf die hohe Gefängnismauer, die all meine Liebsten vor mir verbarg. Nur wenige Stunden vorher war ich noch keine

Waise gewesen. Mit einem Mal hatte ein bitteres Schicksal uns getrennt, und nun erwarteten sie hinter diesen Mauern ihren Tod.

Großmutter, wie sehne ich mich nach deiner Wärme, deiner Liebe. Großmutter, wirst du mich wirklich nie wieder in den Arm nehmen, mich nie wieder an deine Brust drücken? Großmutter, die du alle Qualen der Hölle durchlitten hast, ich weiß, dass du nur um meinetwillen leben wolltest, dass du in deinen letzten Augenblicken nur an mich denkst und dich um mich sorgst. Großmutter, immer lag dir meine Zukunft am Herzen, sei getröstet. Großmutter, wie ich mich danach sehne, zu deinen Füßen zu kriechen, diese Mauern mit meinen Zähnen zu durchnagen, jene in Stücke zu reißen, die es wagen, eine Hand gegen dich zu erheben. Auf Wiedersehen, Großmutter! Segne mich jetzt, da ich hinausgehe, um zu kämpfen. Nein, nein, ich möchte mich an dich kauern und mit dir sterben! Aber wer soll dich dann rächen? Gott im Himmel, gib mir Kraft, all das zu ertragen! Großmutter, sündige ich nicht gegen dich, überlasse ich dich nicht deinem Schicksal? Lebwohl …

Durch den Wind glaubte ich ein Echo zu hören: Shalom! Ich begann zu gehen, stapfte geradeaus, ohne zu überlegen, wohin ich marschierte. Der Mond zog über den Himmel, verschwand hinter einer Wolke und erschien wieder. Die Sterne funkelten.

Sterne im Himmel, zeigt mir, wohin ich gehen muss! … Sie blieben stumm, fern, fremd. Ein leichter Herbstwind wehte, kühl und erfrischend. Die Zweige der Bäume wiegten sich sanft. Sie waren kahl, Herbstlaub lag auf dem Boden verstreut. Vor mir erstreckte sich der große Wald von Kossiw, der die Nacht wie ein schwarzes Band durchzog. Beim Anblick des Waldes verspürte ich Erleichterung.

Du bist der einzige Freund, der mir geblieben ist, du, mein Wald, bist treu. Du wirst mich nicht verraten, du wirst mich im Schatten deiner Bäume verstecken. Du wirst mich vor den Augen der Menschen verbergen, mich vor allem Bösen retten.

Ich klammerte mich an den Boden. Das feuchte Gras ließ eine wohltuende Kühle durch meinen Körper strömen. Ein verängstigtes kleines Waldtier hastete davon. Gelegentlich hörte man Stimmen, und der Ruf von Tieren trug durch den Wald. Ich hatte Angst. Vor diesem großen Universum voller Geheimnisse fühlte ich mich klein und hilflos. Ich beneidete die Vögel im Wald, die in die Luft fliegen konnten, wann immer es ihnen behagte. Ich beneidete die Tiere, die friedlich in ihrem Unterschlupf lagen. Ich wusste, dass ein Wunder geschehen musste, damit ich entkommen konnte. Aber gleichzeitig wusste ich auch, dass es keine Wunder in dieser Welt gab.

Die Sterne begannen zu verblassen, die Dunkelheit wurde von der Dämmerung verdrängt. Nun war der richtige Augenblick gekommen, um aufzubrechen.

Sei gesegnet, o Wald! Ich sprang über einen großen Graben und begann mit großen, festen Schritten zu gehen, dem Ruf des Lebens entgegen. Eins-zwei, eins-zwei. Als ich zurücksah, merkte ich, dass ich schon ein gutes Stück Wegs hinter mich gebracht hatte. Ich versuchte den Dorfbewohnern von Scheschory aus dem Weg zu gehen, die auf ihren Pferdewagen in die Stadt fuhren, denn ich hatte Angst, dass sie mich erkennen könnten. Es war ein wunderschöner Morgen und alle eilten in die Arbeit. Nach einer Weile kam ich nach Pistin, eine kleine Stadt, oder besser ein Dorf, mit vielen Menschen. Ich überwand mich und ging über den Dorfplatz. Hier war mir alles vertraut und erinnerte mich an friedvolle, sichere Zeiten – längst vergangene. Ich eilte weiter, darauf achtend, niemand Bekanntem über den Weg zu laufen und nur ja keinen Argwohn zu wecken. Die Sonne stand hoch am Himmel, als ich Mikitinitz erreichte. Unterwegs begegnete ich einem Bauern, der mir ein Gespräch aufdrängte. Mit großer Neugier wollte er von mir wissen, wie die Liquidierung der Juden von Kossiw vonstattengegangen war. Ich antwortete zögerlich und wollte das Thema wechseln.

„Sicher sind irgendwo in den Kellern noch viele Dinge versteckt, von denen niemand etwas weiß“, mutmaßte er. Dabei glänzten seine Augen vor Gier. Ich antwortete nicht. Schließlich schien er Mitleid mit mir zu haben und bot mir ein Stück frisches Brot an. Ich konnte mich nicht mehr zurückhalten und nahm es an, ohne darüber nachzudenken, dass ich mich dadurch als Jüdin verraten könnte – ich war am Verhungern.

Ich hatte vor, im Dorf zu einer Frau namens Paraschka Hrihorischin zu gehen und ihr mein Geheimnis anzuvertrauen. Ich wusste, dass sie eine gute Frau war und mir nichts Böses tun würde. Mein Onkel war durch dieses Dorf gekommen und hatte während der russischen Besatzung in ihrem Haus Unterschlupf gefunden. So hatte unsere Freundschaft begonnen. Als wir im jüdischen Viertel eingeschlossen gewesen waren, hatte diese Frau uns immer wieder geholfen. Ich wusste, dass sie im Dorf lebte, aber nicht, in welchem Haus sie wohnte. So ging ich durch den Ort und suchte überall nach ihr. Plötzlich hatte ich das Gefühl, dass sich mir Leute näherten und ich die Neugier der Dorfbewohner geweckt hatte. Die Frauen versammelten sich vor ihren Hütten und sprachen laut miteinander, während sie auf mich zeigten. Ich wusste nicht, was ich tun oder wohin ich mich wenden sollte. Zwei Deutsche kamen auf einem Motorrad auf mich zu. Im letzten Augenblick konnte ich von der Hauptstraße in eine schmale Seitengasse flüchten. Plötzlich sah ich einen alten Bauern, der sein Pferdefuhrwerk stehen ließ und mir folgte. Er hat mich erkannt, dachte ich, und beschloss, nicht zuzugeben, dass ich Jüdin war, komme, was wolle. Er ging auf mich zu und meinte: „Warum läufst du hier im Dorf herum? Wonach suchst du?“

Er sprach freundlich, aber ich nahm niemandem mehr seine Freundlichkeit ab. Ich tat so, als sei ich selbstsicher und furchtlos.

Ich hätte nicht die Absicht, Fremden meine persönlichen Angelegenheiten zu erzählen, entgegnete ich ihm.

„Du bist eine Jüdin", sagte er. Ich antwortete nicht.

„Wie hast du es geschafft, diese Hölle zu überleben?", fragte er mich und beobachtete dabei jede meiner Bewegungen. Er wartete auf eine Antwort. Als ich keine Anstalten machte zu reagieren, meinte er: „Mach dich fort. Jeder Schlagetot, der dir begegnet, wird dich der Polizei übergeben. Man beobachtet dich."

„Ich bin keine Jüdin. Ich habe nichts zu befürchten", erwiderte ich. Als hätte er mich nicht gehört, fuhr er fort: „Lauf nicht hier im Dorf herum. Das ist gefährlich."

Ich sah Mitleid in seinen Augen. Plötzlich erwischte er meine Hand und begann sie zu küssen. Ich wusste nicht, überwältigte ihn das Mitleid eines Vaters für ein Kind oder das Erbarmen eines Menschen für eine schwache Kreatur. Doch selbst sein Mitleid machte mir Angst. Da kam ein Mädchen vorbei, das Kühe auf die Weide führte. Der Bauer lief erschrocken davon und ich ging unter aller Augen meiner Wege. In einem Hof wollte ich herausfinden, wo die Frau wohnte, die ich suchte. Doch die Tür war verschlossen. Niemand war zu sehen. Auf einmal stand ein kleiner Junge, anscheinend auf dem Weg zur Schule, vor mir. „Wärst du so gut, mir zu sagen, wer hier wohnt?", fragte ich ihn.

„Wonach suchst du, Jüdin?", erwiderte er in scharfem Ton.

Selbst Kinder sind uns feindlich gesinnt, dachte ich. Vermutlich hat er das von seinen Eltern gelernt. Ich ging im Hof herum, traf aber niemanden an. Da warf ich einen Blick in den Schuppen, wo mir ein betörender Geruch gekochter Kartoffeln in die Nase zog. Ich stand vor einem riesigen Bottich voller Kartoffeln, die anscheinend für die Schweine hergerichtet worden waren. Ich aß und aß, ohne meinen Hunger wirklich stillen zu können. Seit über sechs Tagen hatte ich fast nichts mehr zu mir genommen, lediglich Wasser sowie ein paar Brotkrumen. Mit einem Mal fühlte ich mich schwach. Mir war schwindelig. Ich konnte keinen einzigen Schritt tun.

Was geschieht, muss geschehen, sagte ich mir. Ich verschloss die Tür zum Schuppen, sank erschöpft nieder und schlief ein. Als ich meine Augen öffnete, war Abend. Ich hatte Angst. Lange begriff ich nicht, wo ich war. Da klopfte es an der Tür. Ich öffnete sie, sicher, dem Engel des Todes gegenüberzustehen. Stattdessen stand wie durch ein Wunder Paraschka vor mir. Sie erschrak und starrte mich an, als sei ich von den Toten auferstanden, schloss sogleich die Tür und ging fort. Spät nachts, als die ganze Familie schon tief schlief, schlich sie wieder zu mir zurück. Ich erzählte ihr alles, was passiert war, und wir weinten gemeinsam.

„Ich weine um dich, Donia“, sagte sie. „Ich weine um alle, die umgebracht wurden. Du bist hier bei mir und ich möchte dir helfen, aber ich weiß nicht, wie. Mein Mann darf nicht wissen, dass du hier bist, und allein fühle ich mich schwach. Ich fürchte, der Gefahr nicht gewachsen zu sein, die uns bedroht. Wenn ich dich hierbehalte, ist auch mein Leben in Gefahr.“

Ich sah, dass Gefühl und Vernunft in ihr miteinander rangen. Schließlich meinte sie: „Bleib ein paar Tage hier bei mir. Dann gehst du und siehst dich nach anderen guten Menschen um. Vielleicht findest du ja jemanden.“

Sie versteckte mich auf dem Dachboden. Ich saß da, ganz mit Heu bedeckt. Nur eine kleine Öffnung über mir war frei. Niemand kannte unser Geheimnis. Angst lag in Paraschkas Augen. Sie begann die Nachrichten aufmerksam zu verfolgen und war stets auf der Hut. Angstvoll wartete sie darauf, was der nächste Tag bringen würde.

VII

Der Krieg wütete und griff um sich. Die Deutschen verschlangen Dörfer und Städte. Hoffnung gab es wenig damals, im Jahr 1942. Es war gut, auf dem Dachboden versteckt zu sein, doch wusste ich nicht, was das Morgen bringen würde, ja, selbst was sich in der nächsten Stunde, der nächsten Minute ereignen konnte. Zwei Monate vergingen so. Die Bedingungen verschlechterten sich. Man intensivierte die Suche nach Juden, die von wohlwollenden Familien versteckt worden waren. Schon einige Ukrainer hatte man hingerichtet, weil sie ihnen Unterschlupf gewährt hatten. Ich begriff, wie sich Paraschka fühlen musste, wie schwierig die Situation für sie war. Der Winter nahte und ich konnte nicht viel länger in meinem Versteck bleiben. Paraschka schlief so manche Nacht nicht, während sie nach einer Möglichkeit suchte, mir zu helfen, ohne sich selbst zu gefährden.

Sie lehrte mich ein christliches Gebet, „Vater unser, der du bist im Himmel“, und hängte mir ein kleines Kreuz um den Hals. Ich zog ein langes Leinenkleid und einen Gürtel an, band ein Taschentuch um meinen Kopf und machte mich auf. Auf Dorfwegen ging ich zu einem reichen Müller, der nach einem Dienstmädchen suchte. Ich gab vor, ein armes ukrainisches Mädchen aus Utorop zu sein, und nannte mich Maria Feleschtschuk. Unterwegs traf ich eine Frau, die Wäsche im Fluss wusch. Ich ging zu ihr und fragte sie, wo der Müller wohnte. Sie hielt sogleich inne, betrachtete mich und meinte zweideutig lächelnd zu mir:

„Dein Gewand kleidet dich, kleine Jüdin.“ Sie strahlte dabei und zeigte ihre weißen Zähne. Nur mit Mühe gelang es mir, ihr Lächeln zu erwidern und meine Verwirrung zu verbergen. „Sehe ich wirklich wie eine Jüdin aus?“ fragte ich sie, als würde ich den Spaß verstehen und mitmachen.

„Nein, meine Liebe, ganz im Gegenteil", erwiderte sie. „Aber wenn man dich so sieht, hat man irgendwie das Gefühl, dass du anders bist als wir. Egal, es ist nicht wichtig. Geh diesen Weg weiter. Er führt dich direkt zum Haus des Müllers", fügte sie hinzu, als täte es ihr leid, mich gekränkt zu haben.

Die Begegnung erschütterte meine Zuversicht, aber ich ging beharrlich weiter und hoffte das Beste. Wie mich die Frau erkannt haben mochte, war mir ein Rätsel. Ich hatte mit einem normalen Dorfakzent gesprochen und war angezogen wie ein echtes ukrainisches Bauernmädchen. Hatte mich etwa meine Blässe verraten? Oder die verzagte Art, mit der ich mich bewegte? Ich zögerte, bevor ich das Haus betrat, das voller Menschen war. Sie musterten mich von Kopf bis Fuß. Ich erklärte der Frau des Müllers, warum ich gekommen war, und wurde sofort hinausgewiesen.

Sie müssen mich durchschaut haben, dachte ich. Auf Paraschkas Dachboden konnte ich nicht zurück, das hatte keinen Sinn. Also ging ich die Straße weiter und fragte alle, die an mir vorübergingen, ob sie vielleicht wüssten, wo es Arbeit für mich geben könnte. Manche lächelten und gingen weiter, andere meinten nur, dass sie ebenfalls auf der Suche nach Arbeit seien. Ich hatte die Hoffnung schon fast aufgegeben, marschierte aber dennoch weiter und wandte mich an die Menschen. Plötzlich kam eine alte Frau auf mich zu. Sie war ganz offensichtlich sehr arm und mir schien, dass es sich kaum lohnte, sie zu fragen. Aber die Frage kam mir wie von selbst über die Lippen. Sie stand eine Weile still da, als sei sie in Gedanken versunken. Dann meinte sie: „Ich habe einen Sohn, der sucht nach jemandem, der auf seine Kinder aufpasst. Er lebt weit weg von hier. Aber wenn du magst, kannst du bei mir über Nacht bleiben, und morgen früh gehe ich mit dir zu seinem Haus."

Ich war sofort einverstanden und dankbar für das Glück, das mir diese alte Frau geschickt hatte. Sie nahm mich mit in ein heruntergekommenes Zimmerchen. Es war sauber, wirkte aber trostlos. Zwei große Heiligenbilder zierten die Wände und in der Mitte des Raums stand eine große schwarze Truhe. Den meisten Platz aber nahm ein riesiger Ofen ein. Vor der Tür draußen miaute eine Katze. Die alte Frau gab mir etwas zu essen und trug mir sogleich Arbeit auf. Wir begannen Hanfstiele zu zerteilen. Die Arbeit war ermüdend und fiel mir sehr schwer. Ich hatte keine Kraft in den Händen und arbeitete langsam und ohne Elan.

„Was ist das für ein Bauernmädchen, das eine solche Arbeit nicht erledigen kann?", fragte mich die alte Frau.

„Ich habe bis jetzt immer in der Stadt gearbeitet", entschuldigte ich mich. Nass vor Schweiß stand ich da und konnte mich kaum auf den Beinen halten. In meinem Kopf drehte sich alles. Ich wusste sehr gut, dass die Monate auf dem dunklen Dachboden daran schuld waren. Meine Augen waren nicht mehr an das Licht gewöhnt.

„Geht es dir nicht gut?", fragte die alte Frau.

„Nein, nein, alles ist in Ordnung. Ich kann schon wieder arbeiten. Es war nur eine kurze Schwäche. Ist schon vorbei.", beschwichtigte ich sie. Die Nacht brach herein. Ich war froh, dass ich mich bald ausruhen können würde.

„Jetzt, Marika, gehen wir zur Herbstfeier beim Nachbarn", sagte die alte Frau plötzlich. Ich wollte erwidern, dass ich nicht mehr die Kraft hätte zu gehen, verkniff es mir jedoch und folgte ihr stumm. Wir gingen in ein großes Haus mit einem riesigen Raum. Es war heiß und überfüllt, doch die Menschen waren fröhlich und ausgelassen. Die jungen Leute tanzten, die Frauen sangen und die Männer waren beschäftigt. Ich war die einzige Fremde unter all den Feiernden. Ich setzte mich still in eine Ecke und tat so, als sei ich in das vertieft, was geschah. Übermütiges Lachen, Rufe und Lärm erfüllten den Raum.

Hin und wieder fing ich Gesprächsfetzen auf, in denen es um Juden ging. Jemand meinte: „Weißt du, ich habe einen verrückten Juden im Wald getroffen. Er ging umher und rief nach seinen Kindern. Als ich ihn ansprach, verstand er kein einziges Wort." Und ein anderer erzählte: „Erst gestern hätte ich beinahe einen Juden erwischt, aber er entwand sich meinen Händen und lief fort. Den kriege ich schon noch!" Am Ende des Raums saß ein weißhaariger alter Mann und rauchte eine Pfeife. Als er die Geschichte hörte, ergriff er das Wort. „Du, Jungspund, warum gibst du damit an, dass du einen Mann erwischt hast? Hast du auch nur einen Augenblick lang daran gedacht, was du da versucht hast? So geht es zu in unserer Welt – ein Fisch frisst den anderen, und ein Mensch ermordet den anderen." Er seufzte tief und fuhr fort: „Die Deutschen, im Moment bringen sie noch Juden um. Aber eines Tages werden sie uns umbringen. Glaub bloß nicht, dass sie Mitleid mit uns haben werden. Schon jetzt schicken sie unsere Kinder in ihr Land, wo sie hart arbeiten müssen. Jaja, die alten Bücher hatten schon recht, als sie Zeiten wie diese vorhersagten, in denen der Mensch den Menschen wie ein Raubtier jagen würde. Wegen unserer Sünden ist es so weit gekommen. Die Menschen haben gesündigt, und du, mein Sohn, solltest nicht Unschuldigen nachstellen, denn du weißt nicht, welches Schicksal dir blüht."

Seine aufrichtigen Worte machten großen Eindruck auf alle. Eine Weile war es still, dann ging die Feier weiter, ohne dass noch einmal darüber gesprochen wurde. Ich hatte Angst. Einige Jungen kamen zu mir und wollten mit mir tanzen, aber ich sagte ihnen, dass ich zu müde sei. Nach einiger Zeit weckte ich die Neugier aller. Ich erzählte ihnen kurz, wer ich war und wie ich hieß. Plötzlich meinte einer der Männer: „Gleich kommt ein Mädchen aus Utorop hierher. Wahrscheinlich kennst du sie."

„Wahrscheinlich", erwiderte ich unbekümmert, dachte aber bei mir: Jetzt ist alles vorbei, das ist das Ende. Ängstlich beäugte ich jeden, der in den Raum kam. Aber zum Glück tauchte das Mädchen aus Utorop nicht auf und so verging der Abend, während ich nervös da saß. Die Hähne krähten ein drittes Mal. Schon graute der Morgen. Als wir schließlich gingen, begann ich mich besser zu fühlen. Die Sonne stand bereits hoch am Himmel, als die alte Frau und ich beim Haus ihres Sohnes ankamen. Wir betraten einen großen Hof. Ein Kettenhund begann laut zu bellen. Der Sohn der alten Frau kam aus dem Haus, um uns zu begrüßen. Zeitweise ließ er mich als Magd auf dem Feld arbeiten, während ich die restliche Zeit auf die Kinder aufpasste. Jede Nacht dankte ich Gott, wenn wieder ein Tag ohne Vorkommnisse verstrichen war. Ich betete nur, dass die Zeit vergehen und mein hartes Los sich bessern würde. Unterdessen war es fast Winter geworden. Auf den Feldern herrschte eine dunkle Leere. Traurigkeit hatte sich auf sie gelegt. Aber die Getreidekammern für den Winter waren voll. Der Wind zerrte an den Zweigen der Bäume und spielte mit dem abgefallenen Laub. Alles um uns herum war friedlich und wartete darauf, dass der Schnee die Erde mit seinem weißen Mantel bedecken würde.

Mir hingegen graute vor dem kommenden Winter. Ich fürchtete seine kalte Herrschaft und hatte Angst, in der weißen Weite keinen Platz für mich zu finden. An das Morgen wollte ich nicht einmal denken. Zwei Wochen vergingen. Mein Brotgeber hatte viele Besucher; Freunde und Nachbarn kamen und gingen. Ich mied den Kontakt zu allen, aber wie der Teufel es wollte, begegnete ich einem Mann, der mich just in dem Augenblick, da er das Dorf betrat, als Jüdin erkannte. Er war ein Freund meines Diensthern.

Ich stand ihm von Angesicht zu Angesicht gegenüber. In seinen schlauen Augen glaubte ich Überraschung und Genugtuung zugleich zu erkennen – die Genugtuung des ungezogenen Jungen, dem es gelungen war, einen Vogel nach langer Jagd in die Falle zu locken. Vielleicht dachte er auch nichts dergleichen, aber die Angst weckte solche Bilder in mir. Die Gefahr schien wieder nah. Mitten in der Nacht lief ich fort. Getrieben von verzehrender Furcht rannte ich los, ohne zu wissen, wohin – bis ich mich auf Paraschkas Dachboden wiederfand. In dieser großen Welt konnte ich ganz auf mich gestellt keinen Platz finden. Ich wurde gejagt, war isoliert, verflucht. Obwohl ich es nicht wollte, störte ich wieder Paraschkas Frieden mit meiner Not.

VIII

Der Winter streckte seine eisige Hand nach uns aus. Paraschka erkannte die Gefahr, in der wir uns befanden. Ich konnte nicht viel länger auf dem Dachboden bleiben, wusste jedoch nicht, wohin ich mich hätte wenden sollen. So beschloss Paraschka, sich ihrem Onkel anzuvertrauen und ihn um Rat zu fragen. Stefan Hrihorischin war etwa 60 Jahre alt, wirkte aber jünger. Sein Haar war nach wie vor pechschwarz ohne eine Spur von Grau, sein Blick mannhaft. Er wirkte ernst und schien ständig finster dreinzuschauen. Die Menschen sprachen von dem großen, kräftigen Bauern als „dem Mann, der sich selbst zerstörte". Es hatte eine Zeit gegeben, in der man ihn zu den reichen Männern von Mikitinitz gezählt hatte. In jungen Jahren war er stolz, ja, arrogant und von sich überzeugt gewesen. Er hatte ein ungestümes Temperament und liebte es, das Schicksal herauszufordern – und zu triumphieren. „Leben heißt, wild sein", war sein Leitspruch. Er hatte nie sonderliche Lust gehabt zu arbeiten, denn er war ja reich gewesen und fand, dass ihm alles zufiel. Aber das Schicksal hatte ihm den Boden unter den Füßen weggezogen. Er heiratete ein armes Mädchen, dem nur an seinem Vorankommen gelegen war. Nach einer Weile suchte seine hübsche junge Frau mit einem Liebhaber das Weite. Das war der erste Schlag. Er heiratete ein zweites und drittes Mal, musste sich aber jedes Mal einer großen Konkurrenz erwehren. Streitsüchtig wie Stefan war, hatte er viele Feinde. Einigen von ihnen zündete er das Haus an, was sie ihm mit Gleichem vergolten. Unverdrossen baute er alles wieder auf, doch wurde es aufs Neue vom Feuer der Rache und des Hasses verzehrt. Seine Familie hielt sich von ihm fern. Er verkaufte seine Felder, lebte isoliert und völlig allein, von Gott und den Menschen verlassen. So zog er sich immer mehr in sich zurück, wurde zunehmend schwermütig und nachtragend. Gleichzeitig schien er seine Einsamkeit zu genießen und stieß jeden in seiner Nähe vor den Kopf. Er machte den Eindruck, als hasse er alle Menschen, sich selbst und das grausame Schicksal, das ihn zu dem gemacht hatte, was er war. Man fürchtete ihn und verdächtigte ihn, insgeheim Rachepläne zu schmieden. Er war grausam zu seiner Umgebung und grausam zu sich selbst.

Die Jahre vergingen und er begann ihre Last zu spüren. Also errichtete er eigenhändig eine Hütte am Rand des Dorfs in der Nähe des Waldes. Er stellte sie jedoch nie fertig, und nur der hohe Schornstein über dem Dach verriet, dass hier eine Behausung im Bau war. Während das Gebäude unfertig dastand, lebte Stefan bei Fremden. Er hatte völlig den Halt verloren und befand sich in einem Abwärtsstrudel. Bisweilen verlegte er sich sogar aufs Stehlen. Er schlich sich nachts davon nahm von fremden Feldern, was er tragen konnte, und erntete so die Früchte anderer Leute Arbeit. Man wusste, was er trieb, ließ ihn aber in Frieden, denn man hatte Angst vor ihm.

An ihn wandte sich Paraschka und fragte ihn um Rat. Zunächst lehnte er jede Hilfe ab, schließlich ließ er sich aber von dem Argument überzeugen, dass die Deutschen den Krieg verlieren würden und er, wenn alles vorüber war, reich belohnt werden und durch mich zu Wohlstand gelangen würde, wenn er mich jetzt rettete. So erklärte er sich bereit, mir zu helfen, ergriff jedoch alle möglichen Vorsichtsmaßnahmen. Er versteckte mich im Wald und beschied mir, mich nicht vom Fleck zu rühren und auf weitere Anweisungen zu warten, während er nach seiner Schwester Olena suchte. Sie war eine Frau von 65 Jahren, müde vom Tragen der Lebensbürde und gebeugt vom Joch des Leidens. Sie lebte völlig allein und besaß nichts. Ihr einziger Besitz waren ihre körperliche Robustheit und ein gutes Herz. Für einen trockenen Brotlaib nahm sie schwerste Arbeit an. Die Menschen beuteten sie aus, machten sich über sie lustig und nannten sie eine Närrin. Armselig und in Lumpen gekleidet ging sie von Ort zu Ort und von Tür zu Tür. Sie schlief, wo sie Arbeit fand, und musste nicht selten unter freiem Himmel nächtigen.

Ihr Bruder Stefan hatte sich nie um sie geschert oder darum, ob es ihr gut ging. Er mochte sie nicht. Und doch suchte er nun nach ihr, weil er sie brauchte. Er befahl mir, zu ihr zu gehen und ihr zu erzählen, dass ich sie schon lange kennen würde, dass sie einst für meine Familie gearbeitet habe. Ich ging zu ihr. Mit Tränen in den Augen flehte ich sie an, mir zu helfen. Und in dieser verbitterten Frau fand ich eine menschliche Seele. Als sie mich sah, brach sie in Tränen aus und umarmte mich. Von ihr ging, das fühlte ich, echte Wärme und Zuwendung aus.

„Ich werde dir mit allem helfen, solange es mir meine Kraft erlaubt – solange ich lebe!", sagte die alte Frau.

Sie umarmte mich erneut und wir weinten gemeinsam. Wir gaben uns die Hand wie Schwestern, im Leid vereint. Das Leben hatte uns beiden übel mitgespielt, ein bitteres Los für uns ausersehen. Außer ihrer Armut und Güte hatte Olena nichts, und doch war sie bereit, die ihr verbleibende Stärke für mich zu opfern. Am meisten fürchtete sie jedoch ihren Bruder. Oft sagte sie zu mir: „Wir müssen vorsichtig sein. Wir leben in Stefans Haus und es kann gut sein, dass er dir übel will – und mir auch. Er ist ein böser Mensch."

Ich schwieg und sagte ihr nicht, dass es ihr Bruder gewesen war, der mich zu ihr geschickt hatte. Ein neuer Abschnitt begann. Ich lebte in einer festen Hütte, hatte einen warmen Ofen und träumte von der Freiheit. In dem dunklen Zimmerchen gab es nichts als ein breites Holzbett. Die schwarzen, rissigen Wände waren unverputzt. In der Ecke standen ein Krug und ein paar Utensilien aus Ton, die Olena irgendwo gefunden hatte. Sie selbst war ständig unterwegs. Ständig arbeitete sie für Essen. Einen Teil aß sie selbst, den Rest brachte sie mir. Selbst nachts gönnte sie sich keine Ruhe, sondern schleppte aus dem Wald Feuerholz für den Ofen heim, damit ich es in dem kleinen Raum warm hatte. Meine Dankbarkeit für sie war grenzenlos, ich fand keine Worte, sie auszudrücken. Vor Glück weinte ich, hatte ich doch eine Lebensoase in der Wildnis des Todes gefunden.

Inzwischen hatte der Winter die Welt fest im Griff. Draußen tobten Stürme und die Schneedecke reichte bis zu den Fenstern. Die weiße, glitzernde Fläche schien endlos. In den Feldern fand man erfrorene Juden, während ich hinter dem Fenster saß und auf die Welt hinausblickte. Jeden Abend kam Olena heim und hatte ein beruhigendes Wort für mich. Sie berichtete mir, was sie tagsüber gehört hatte und was man sich über den Krieg erzählte. So saßen und redeten wir manchmal die ganze Nacht. Ich konnte nicht glauben, dass das alles real war, dass es noch gute Menschen wie Olena auf der Welt gab. Aber das Glück war nicht von Dauer. Mit einem Mal besann sich Stefan eines anderen. Der Reichtum, der ihm nach dem Krieg in Aussicht gestellt worden war, hatte seinen Reiz verloren. Er wollte mich und die mit mir verbundene Gefahr so schnell wie möglich loswerden. Eines schönen Tages jagte er uns einfach aus dem Dorf. Olena stieß mit ihren Bitten, mich im Haus zu lassen, auf taube Ohren. Auch ihre Beteuerungen, dass sie bei Gefahr alle Verantwortung auf sich nehmen würde, konnten ihn nicht erweichen. Stefan blieb unerbittlich. Wir hatten keine Wahl und mussten gehen. In Lumpen gekleidet gingen wir von Dorf zu Dorf und baten um Unterschlupf. Eines Tages gelangten wir auf unserer Wanderschaft in das Dorf Trach. Hier war niemand, den wir kannten und bei dem wir Zuflucht vor der Kälte finden konnten. Neben einem Haus stießen wir auf eine Gruppe alter Frauen, die bitterlich weinten. Wir erfuhren bald, dass kurz vorher eine Greisin gestorben war und in drei Tagen zu Grabe getragen werden würde. Wir konnten also drei Tage und drei Nächte hier bleiben.

Drei Tage sind wenigstens etwas, dachte ich mir. Ich sank mit den anderen zum Beten auf die Knie. Um mein Nichtwissen über christliche Rituale zu verbergen, ahmte ich alles nach, was Olena tat: Ich betete, bekreuzigte mich und küsste das Kreuz. Da ich die Gebete noch nicht gut kannte, murmelte ich sie flüsternd vor mich hin, damit niemand den Wortlaut hörte. Schließlich traf der Priester zum Begräbnis ein. Alle außer mir weinten, ich konnte keine einzige Träne vergießen. Eine Frau ist gestorben, weil sie alt war, dachte ich. Sie ist eines natürlichen Todes gestorben – warum soll ich da weinen?

Unterdessen hatte Olena Arbeit bei einem reichen Heiratsvermittler gefunden. Wir arbeiteten beide dort. Olena putzte das Haus und ich sägte Holz, ja, erlangte sogar ein gewisses Geschick darin. Eine Woche blieben wir dort. Dann beschloss Olena, nach Mikitinitz zurückzukehren, denn sie hatte eine Idee. Sie wollte allein in der Hütte leben und Stefan so zeigen, dass ich nicht dort war. Dann wollte sie mich insgeheim bei sich aufnehmen. Der Plan funktionierte, jedoch nicht wie ursprünglich ausgedacht. Ich sollte eigentlich noch eine Weile weiterarbeiten und auf Nachricht von ihr warten. Aber ich war früher als geplant mit meiner Arbeit fertig und musste vorzeitig nach Mikitinitz zurückkehren.

IX

Ich machte mich allein auf den Weg. Niemand schenkte mir unterwegs Beachtung. Über meiner Schulter trug ich einen Sack Äpfel. Als ich in die Nähe meines früheren Zufluchtsorts kam, versteckte ich mich im Wald und stahl mich in der Nacht in die kleine Hütte, in der Olena auf mich wartete. Stefan glaubte ihr zwar, dass ich nicht mehr bei ihr wohnte, war aber anscheinend misstrauisch geblieben. Da er ihr regelmäßig einen Besuch abstattete, konnte ich mich nur sehr schwer vor ihm verstecken. Mit der Zeit begann er wie von Boshaftigkeit getrieben immer öfter vorbeizuschauen. Zwar suchte er nicht speziell nach mir, lugte aber misstrauisch in jede Ecke. Es hatte eine Zeit gegeben, da hatte ich geglaubt, dass dieser Mann mir helfen würde, aber nun war er für mich zum Albtraum geworden. Ich musste mich vor ihm verbergen. Immer wenn ich ihn mit rasselnden Schlüsseln näherkommen hörte, kroch ich unter den Herd. Ich schlüpfte wie eine verängstigte Maus in mein Versteck und lag still da. Eines Tages kauerte ich wie üblich unter dem Ofen, als Stefan im Haus war, aber er blieb einfach sitzen, als hätte er nicht mehr die Absicht, je wieder fortzugehen. Ich fühlte mich, als könnte ich keine Sekunde mehr dort in der Dunkelheit liegen bleiben, und bewegte mich leicht. Unter normalen Umständen hätte er mich wohl kaum gehört, doch diesmal nahm er, die Sinne vor Angst geschärft, selbst dieses leise Rascheln wahr. Er trat vor mein Versteck und befahl mir herauszukommen. Ich gehorchte und stand wie betäubt vor ihm, wartend auf das, was kommen würde.

„Was soll das?“, fragte er mich in verhaltenem Ton, als müsse er sich zwingen, halbwegs höflich zu bleiben.

„Ich habe nicht die Absicht, dich zu stören, ich erwarte keine Hilfe von dir“, warf ich ihm entgegen. „Du bist einer von denen, vor denen ich mich verstecke.“

Er sah mich zornig an und verließ schnell das Haus. Der Klang der Schlüssel, die sich im Schloss drehten, machte mir Angst. Ich rührte mich nicht, bis Olena zurückkam. Sogleich erzählte ich ihr, was passiert war, und wir sprachen lange über die neue Lage. Letztlich kamen wir zu dem Schluss, dass mir trotz des Vorfalls nichts anderes übrig blieb, als in der Hütte auszuharren.

Stefan ließ sich nicht mehr blicken. Tage voller Furcht verstrichen. Olena ging weiter arbeiten, während ich Nutzen aus ihrem Mitgefühl und gutem Herzen zog und so am Leben blieb. Manchmal brachte sie mir die zerrissene Seite einer Zeitung oder ein zerfleddertes Buch.

Ich hatte Angst vor der Zukunft, konnte mir nicht vorstellen, dass ich den Krieg überstehen würde. Und was die Zeit nach dem Krieg anging – sie war für mich gänzlich undenkbar. Ich war mir sicher, die Juden Europas würden diesen Krieg nicht überleben. So blieben Alpträume meine ständigen Begleiter.

Eines Nachts, am 10. Dezember 1942, kehrte Olena nicht nach Hause zurück, obwohl es schon recht spät war.

Ich bekam schreckliche Angst. Draußen tobte ein wilder Schneesturm, der die Zweige von den Bäumen brechen ließ. Die Fenster der kleinen Hütte waren mit Schnee versiegelt, während das Gebäude selbst wie ein Betrunkener schwankte. Das Heulen des Windes erinnerte mich an eine Sirene, die vor neuen Schrecken warnte. Im Zimmer selbst dagegen war es beängstigend ruhig; selbst das Zirpen der Grille hinter dem Ofen setzte von Zeit zu Zeit aus. Ich wartete. Von ganzem Herzen sehnte ich mich danach, dass die Tür sich öffnen und meine Retterin und Erlöserin Olena hereintreten würde. Die Einsamkeit machte mir Angst und das Heulen des Windes klang wie das Seufzen Sterbender. Vergeblich lauschte ich auf den Klang vertrauter Schritte. Der Wind wütete immer stärker, sein Heulen durchschnitt den Himmel. Ich kauerte mich Schutz suchend an den Ofen. Vielleicht war ihr ja etwas geschehen, dachte ich. Es war schon sehr spät, als sich die Tür endlich öffnete und Olena erschien. Sie war von oben bis unten mit Schnee bedeckt, der sehr rasch zu schmelzen begann, sodass das Wasser von ihrer Kleidung auf den Boden tropfte. Die alte Frau konnte kaum noch atmen und sank erschöpft auf einen Stuhl. Sie hatte gegen den Sturm angekämpft und sich nur unter größten Mühen nach Hause gerettet. Ihre Augen wanderten verängstigt im Zimmer umher und ihre Hände zitterten nervös.

„Was ist passiert, Olena?", fragte ich mit wachsender Furcht. Olena atmete tief durch und stand auf. „Die Deutschen haben das Dorf eingekreist und durchsuchen jedes Haus nach Juden. Sie haben schon drei Jüdinnen erwischt und eine von ihnen umgebracht. Bitte lauf um dein Leben, lauf!“ Draußen schienen die Grundfesten der Erde selbst zu wanken. Wir gingen hinaus in eine schwarze, wütende Leere. Der Wind trieb uns voran und warf uns herum wie trockene Äste. Wir versanken immer wieder im kalten weißen Meer. Der Schnee bedeckte unsere Augen und Ohren. Hände haltend kämpften wir uns durch den Sturm voran, fielen hin, standen auf, gingen weiter und fielen wieder hin. Zu allem Überfluss trug Olena noch eine Leiter auf der Schulter.

Wir hatten keine Kraft mehr, doch die Angst trieb uns voran. Schließlich gelangten wir zu einem riesigen Heuhaufen. Ich kletterte nach oben. Olena nahm die Leiter weg und ging weg. Mir kam es vor, als würde ich jeden Augenblick hinunterstürzen, als würde mich der Wind zusammen mit dem Haufen fortwehen. Riesige, klebrige Schneeflocken fielen vom Himmel und bedeckten mich völlig. Bald war ich von einem Mantel aus Schnee eingehüllt und vom Heuhaufen nicht mehr zu unterscheiden. Ich hatte Angst, mich zu bewegen, und lag lange einfach nur da, obwohl Kälte und Angst mich lähmten. Das Geräusch von Schüssen, das vom Wind herangetragen wurde, schien näher zu kommen, das Heulen des Windes verwandelte sich in einen Verzweiflungsschrei. Plötzlich hörte ich Schritte in der Nähe des Heus. Sie haben mich aufgespürt, dachte ich, sie kommen. Die Angst beschwor schreckliche Bilder herauf. Ich war völlig durchgefroren und hatte kein Gefühl mehr in Händen und Füßen.

Ich erfriere, dachte ich bei mir. Nach einer Weile ging die Kälte in Wärme über und ich wurde immer müder. Ich sank in einen friedlichen Schlaf und wäre sicher erfroren, wäre Olena nicht zurückgekommen und hätte mich aufgeweckt.

„Komm nach Hause“, rief sie. „Es ist nach Mitternacht. Ich glaube nicht, dass die Deutschen in so einem Sturm noch einmal kommen.“ Ich konnte auf meinen durchgefrorenen Beinen nicht gehen, sodass mich Olena heimziehen musste. Das Knistern des Feuers im Ofen erfüllte den Raum, die Wärme hüllte mich ein – ich konnte sie fast mit Händen fühlen. Draußen tobte nach wie vor der Sturm; es schien, als wollte der Schnee die Erde völlig einhüllen. Die Fensterscheiben klirrten und die Hütte wankte, was mich schläfrig machte. Das Gefühl, dass ich aufs Neue ein Dach über dem Kopf hatte und in Wärme gepackt bei Olena war, beruhigte mich.

„Schlaf, schlaf in Frieden, mein Kind, die Deutschen kommen nicht mehr. Es ist spät und das Wetter schlecht", flüsterte sie mir zu. Ich entspannte und wurde allmählich warm. So ließ ich Gedanken an das Morgen, an die Freiheit zu.

Wenn ich nur bis Kriegsende überleben würde. Ich würde die ganze Welt umarmen, würde mich an Mutter Erde drücken und sie küssen. Ich würde wie ein Vogel durch die Luft fliegen – endlos fliegen. Der Wald würde mir wieder zumurmeln und die Glocken ein Lied des Sieges, der Erlösung, der Freiheit erklingen lassen. Die Blumen würden lächeln und das Gras vor Vergnügen rascheln. Die ganze Menschheit wäre gut, es gäbe Freiheit und das Recht auf Leben! Ich schlummerte ein. Der Schlaf war süß und voller Träume von einer besseren Zukunft.

Plötzlich hörte ich das Geräusch stampfender Füße im Schnee, dann ein heftiges Pochen an die Tür. Zuerst glaubte ich, es sei der Wind. Dann ein erneutes Pochen.

„Wer klopft da an die Tür und lässt mich nicht schlafen?", rief Olena laut.

„Polizei!", antwortete draußen eine tiefe, raue Stimme.

Olena öffnete. Ein Deutscher und zwei Ukrainer aus der Nachbarschaft standen draußen.

Seid verflucht, ihr Mörder, ihr Sämänner des Bösen. Warum tut sich die Erde nicht unter euren Füßen auf? Warum erschlägt euch nicht der Blitz? Der Schnee fiel weiter, der Wind heulte. Was sollte ich tun? Wohin fliehen? Ich kroch unter das Bett, eingerollt wie eine Feder, und presste mich an die Wand. Wäre ich noch ein bisschen länger draußen geblieben, hätte ich mir diese Unbill vielleicht erspart. Aber nun war alles verloren. Verzweiflung überkam mich. Hilflos ergab ich mich meinem Schicksal und wartete auf das bittere Ende. Die Mörder standen an der Schwelle, Olena trat ihnen entgegen. Sie, die in der gleichen Gefahr wie ich war, stand da wie eine Heldin, selbstsicher, unbewegt. Ich schämte mich, als ich sie beobachtete. Michailo Schenkarek redete fast sanft mit ihr.

„Wie du weißt, Olena, geht das Gerücht, dass in unserem Dorf Juden versteckt sind. Es ist unsere Pflicht, sie zu finden und der Obrigkeit zu übergeben. Es ist eine Schande, dass es unter uns Menschen gibt, die Juden verstecken. Dein Haus steht entlegen am Rand des Dorfs unweit des Waldes. Es wäre ein guter Unterschlupf. Wenn sich hier jemand versteckt, dann musst du ihn uns übergeben. Ich verspreche dir, dass dir nichts geschehen wird, wenn du es freiwillig tust."

„Bitte, nur zu, sucht. Ich verstecke niemanden", antwortete Olena. Sie sprach so tapfer, mit solchem Mut, dass meine Verzweiflung verflog und ich mich wieder stark genug fühlte, um durchzuhalten. Ich rollte mich noch stärker ein und drückte mich gegen die Wand.

„Du bleibst also dabei, dass hier keine Juden sind?"

„Hier sind keine."

„Wir werden nachsehen, um sicherzugehen."

Ein Strom aus Erinnerungen floss mir durch den Sinn: Großvater und sein letztes Flehen: „Ich bitte Sie, lassen Sie mich leben" ... Salka, die schrie „Mama, Mama, ich will leben" ... meine verletzte Tante ... Großmutter mit Verzweiflung im Blick ... Kossiw, sterbend, aber nicht nur Kossiw, auch Kolomea, Stanislawow, Lwiw, Lodz, Warschau, Millionen waren gestorben, Millionen auf dem Altar des Bösen und der Brutalität geopfert worden

Warum habe ich mich nicht mit Großmutter auf den Altar gelegt, dachte ich. Ich konnte noch immer hören, was Werner gesagt hatte: „Unsere Frauen und Kinder wurden abgeschlachtet ... morgen sind auch wir weg. Niemand wird überleben."

„Bring Licht", schrie jemand Olena an.

„Ich bin sehr arm", antwortete sie. „Ich habe keine Öllampe und schon gar keine Kerze im Haus."

„Aber wie lebst du dann – im Dunkeln?"

„Genauso lebe ich, wie du siehst."

Die Mörder begannen zu suchen. Sie gingen auf den Dachboden, suchten und durchstöberten alles gründlich. Dann kamen sie in den kleinen Flur. Mithilfe einer kleinen Lampe, deren Batterie fast leer war, suchten sie umher. Ein kleiner, schwacher Lichtfleck bewegte sich dabei hin und her. Sie sahen in den Ofen, unter den Ofen, auf die Bank und unter die Bank. Sie näherten sich dem Bett und ich konnte sie bereits sehen, die Todesboten. Sie müssen taub gewesen sein, weil sie mein Herzklopfen, den stummen Schrei meiner Verzweiflung nicht gehört haben. Das Licht kam immer näher. Die Mörder bückten sich und suchten unter dem Bett. Ich drückte mich noch stärker an die Wand und ballte die Fäuste. Der Lichtfleck war nur wenige Zentimeter von mir entfernt. Ich zog die Füße noch fester an. Das Licht blieb einen Augenblick lang stehen und bewegte sich dann auf die andere Seite.

„Hier ist wirklich niemand“, sagte einer von ihnen verblüfft. „Ich war so sicher, dass wir hier jemanden finden würden.“

Sie gingen. Ich lag noch lange da, bevor ich wieder zu mir kam. Draußen fiel weiter der Schnee und der Wind heulte. Ich küsste Olenas Hände und weinte hemmungslos, weinte aus Freude und aus Verzweiflung über mein Los. Ich weinte, ohne eigentlich zu wissen, warum. Olena drückte mich an ihre Brust und meinte: „Wir geben uns nicht geschlagen! Komme, was wolle, wir geben nicht auf! Mein Mut wird in diesem Kampf immer größer. Solange ich lebe, wirst auch du leben. Erst jetzt habe ich das Gefühl, dass mein Leben einen Wert hat. Endlich spüre ich, dass mich jemand braucht, dass ich für jemanden lebe, für etwas kämpfe. Du hast mich von schrecklicher Einsamkeit, Ödnis und Verzweiflung erlöst. Mach dir um mich keine Sorgen. Ich möchte dein Schicksal, dein Leid mit dir teilen und bis zum bitteren Ende mit dir aushalten. Ich habe keine Angst vor dem Tod in diesem Kampf, den ich aus freien Stücken gewählt habe. Ich habe Angst vor einem Tod, der Schande und Schmach bringt; ich will keinen Hundetod unter Fremden sterben, als nutzlose Wanderin, eine Bettlerin, die niemand braucht. Ein hartes Schicksal hat uns verbunden und nun kann ich mir ein Leben ohne dich nicht mehr vorstellen.“

Olena brach in Tränen aus. Ich wusste, dass solche Gefährtinnen selten und nicht mit Gold aufzuwiegen waren.

X

Es war wie früher. Ich saß am Ofen hinter dem Kamin, während Olena arbeitete. Sie begann sich für das zu interessieren, was in der Welt vor sich ging, und dem Gerede der Menschen zu lauschen. Abends kam sie heim und erzählte mir, was sie tagsüber erfahren hatte. Aber die Lage wurde stetig schlimmer. Der bittere Winter lockerte seine Umklammerung nicht. Ständig drohten Gefahr, Kälte und Hunger. Manchmal verloren wir alle Hoffnung. Dunkle Tage vergingen ohne Aussicht auf ein Ende der Not und Qual. Immer wieder kamen uns neue Gerüchte zu Ohren: Die Deutschen eroberten weitere Gebiete, die Deutschen standen vor den Toren Moskaus, die Deutschen schickten Tausende in die Städte, um sie zu plündern und Lastwagen voll Besitz fortzuschaffen, den andere mit viel Schweiß und Mühe erarbeitet hatten. Nichts dagegen erfuhr man von den Juden. Sie seien ausradiert worden und vom Angesicht der Erde verschwunden, sagten die Leute. Geblieben waren von ihnen nur Erinnerungen, das noch nicht getrocknete Blut als Beweis ihres Leidens und ihre von Gras und Unkraut noch nicht überwucherten Gräber. Jeder Fußbreit Boden, jeder Stein hatte eine Geschichte zu erzählen. Die Menschen sagten: Wenn diesen Krieg ein einziger Jude überlebt, werden die Menschen aus aller Welt herbeiströmen, nur um ihn zu sehen. Die Ukrainer hatten voreinander Angst, versteckten sich voreinander und misstrauten einander. Unter ihnen gab es viele Verräter – Spitzel, die sich für Geld verkauften. Es bildeten sich Banden: die Bandera, die Bulba, die Melnick und andere. In so mancher Nacht hörte ich ihre Gesänge und zitterte vor Angst. Die Banditen überfielen Unschuldige, raubten sie aus und brachten sie um, verstümmelten die Lebenden und die Toten. Mit Äxten und Messern zerteilten sie Körper, mit Sägen trennten sie Köpfe ab. Sie griffen sich Kommunisten, Polen und, wo immer sie ihrer habhaft werden konnten, Juden. Aber Juden schien es inzwischen gar keine mehr zu geben.

Als Olena eines Tages heimkam, verließ ich wie immer mein Versteck, und wir aßen und redeten. Plötzlich ging die Tür auf und ein Mann stand vor uns. Olena hatte vergessen, die Tür zu schließen. Ich sprang in meine Ecke, aber es war zu spät. Der Mann begriff sogleich, was los war. Er schloss die Tür und verschwand. Mir blieb keine Wahl, als zu fliehen.

Fliehen – nur wohin?

Ich hatte nichts, wohin ich gehen, keine Kleidung, die ich tragen konnte. Ich war barfuß und draußen war es kalt. Eine dicke Schneedecke lag auf der Erde. Ich beschloss, in der Hütte zu bleiben. Wenn sie kamen, um mich zu holen, würde ich sie bitten, mich auf der Stelle umzubringen. Olena weinte. Sie wollte mich nicht verlassen. Ich flehte sie an, ihr Leben nicht für mich zu opfern.

„Geh, Olena", drängte ich sie. „Jede Minute ist kostbar, sie können jeden Augenblick kommen. Du musst leben, Olena. Später wirst du erzählen, wie die Menschen umgebracht wurden. Du wirst ihnen erzählen, wie sehr ich leben wollte."

Olena blieb, wo sie war, und sah mich an.

„Es ist ein Elend. So sehr ich auch möchte, ich kann nichts tun, um dir zu helfen. Ich würde alles tun, alles opfern, um dich zu retten", weinte sie.

So sehr ich ihr auch danken wollte, ich konnte nicht sprechen. Ich konnte ihr nur in meinem Herzen danken. Die Trennung war schwer für uns, denn wir wussten, dass wir uns nie wieder sehen würden. Langsam trat Olena über die Schwelle, tat ein paar Schritte, blieb stehen und entfernte sich noch ein Stück. So ging es weiter, bis sie schließlich in der Ferne verschwunden war. Ich blieb allein zurück.

In jedem Augenblick, beim geringsten Geräusch, stieg Todesangst in mir auf.

Die Nacht brach langsam herein und meine Gedanken rasten. Meine Kraft schwand – ich fühlte mich erschöpft, bereit zu sterben. So fiel ich in den Schlaf und träumte. Es war ein Albtraum, in dem mich jemand in ein riesiges Massengrab schob. Ein warmer Nebel stieg aus dem Blut auf, das die Körper bedeckte. Ich ertrank in Blut. Es floss in meinen Mund, meine Ohren, meine Nase. Fast wäre ich daran erstickt, aber ich blieb am Leben. Die Menschen gingen sehr still am Grab vorbei. Ich streckte ihnen meine Hand entgegen und flehte sie an, mich zu retten, aber sie gingen ungerührt vorüber, hatten nur Verachtung für mich übrig und wollten sich ihre Hände nicht besudeln. Ich versank tiefer und tiefer in Blut.

Als ich aufwachte, war es schon sehr spät. Es dauerte lange, bis ich den Schrecken des Albtraums überwunden hatte. Ich zitterte vor Kälte und Furcht. Verzweiflung ergriff meine Seele. Eine Ratte lief mir über die Beine. Ich schüttelte mich vor Angst. Die Minuten waren endlos und qualvoll.

„Wenn nur das Ende rasch kommt!“, hoffte ich. Das Warten auf den Tod war fast unerträglich. Plötzlich hörte ich schwere Schritte. Die Fensterscheiben klirrten.

Sie kommen.

Gott, gib mir die Stärke, Olena zu schützen! Ich weiß nichts, ich werde nichts sagen.

So also endet das Leben, dachte ich. Sie begannen an die Tür zu pochen. Ich rührte mich nicht. Sie riefen: „Macht auf, ihr Juden!“ Ich blieb still, verzog meinen Mund nur zu einem verächtlichen Lächeln.

Das Pochen wurde immer lauter, ihr Ärger immer größer. Sie schrien, bellten Flüche und hämmerten an die Tür. Zuletzt brachen die schwachen Bretter und die Tür gab nach.

Triumphierend stapften sie in das Zimmer. Zwei riesige Gestalten standen vor mir. Das helle Licht einer Taschenlampe blendete mich. Sie begannen mich zu schlagen, bis es in meinen Ohren rauschte. Mir wurde schwindelig. Die Schläger warfen mich zu Boden. Ich stand auf. Sie begannen wieder auf mich einzudreschen und prügelten mich von einem Ende des Zimmers zum anderen. Ich wurde ohnmächtig. Als ich zu mir kam, bedrängten sie mich mit Fragen.

„Wer bist du?"

„Ich heiße Maria Feleschtschuk."

„Wenn du Ukrainerin bist, dann sag das Vaterunser."

„Im Namen des Vaters und des Sohnes und des heiligen Geistes" – den Rest hatte ich vergessen – „Amen".

„Eine Jüdin, eine Jüdin, gib's ihr, schlag sie", schrie einer der beiden.

„Du lügst, falsche Jüdin!"

Schläge prasselten auf mich ein, bis alles schwarz wurde. Ich konnte kaum den Kopf heben.

„Versteckt Olena dich?"

„Nein."

Weitere Schläge.

„Was hast du Olena bezahlt, damit sie dich versteckt?“

„Olena weiß nicht, dass ich Jüdin bin. Ich habe sie angelogen.“

„Du lügst. Wir warnen dich ein letztes Mal, verrate uns, was du Olena bezahlt hast, damit sie dich versteckt!“

Olena weiß nicht, dass ich Jüdin bin.“

„Schlag sie, schlag sie!“, schrie der Zweite.

„Wo ist dein Geld?“

„Ich habe keines.“

Sie schlugen mich erneut nieder. Ich fühlte keinen Schmerz mehr, nur eine brennende Hitze, die an mir fraß. Mein Hals war trocken, ich konnte nicht einmal mehr stöhnen. Ich hatte keine Angst mehr vor Schmerzen, nur noch davor, dass sie zu groß werden würden und ich Olena dadurch verraten würde. Ständig hatte ich während der Tortur ihr Bild vor Augen. Olena, die Gute, die Barmherzige. Sie prügelten und traten weiter auf mich ein. Ich fühlte, ich würde es nicht mehr lange ertragen.

Nie, Olena, nie werde ich dich diesen Leuten ausliefern. Weitere Schläge prasselten auf meinen Kopf.

Gott im Himmel, lass das Ende kommen!

„Ich habe Olena getäuscht, ich habe sie angelogen!“, schrie ich.

Das Stampfen ihrer Stiefel drang durch das Zimmer.

„Steh auf, starrköpfige Jüdin!“, schrien sie. Unter Schmerzen richtete ich mich auf. Ich zog Strohpantoffeln an und sie zerrten mich nach draußen.

Der frostige Wind kühlte mich und trocknete den Schweiß, der mir über die Wangen lief. Es war still draußen, nur der Sturm heulte. Ganz in der Nähe lag der Wald in Dunkelheit versunken. Schwere Wolken hingen über der Erde, als seien sie bereit, der schlafenden Welt den Schädel zu zertrümmern.

In der Ferne hörte ich ein Geräusch – Schritte auf dem harten Schnee.

Wer konnte das sein? Wer außer mir schlief in dieser Schreckensnacht ebenfalls nicht? Kaum hatte ich den Gedanken zu Ende gedacht, als ich eine dunkle, gebeugte Gestalt nahen sah. Es war Olena. Auch sie hatte nicht schlafen können.

Olena, Olena, warum bist du gekommen und riskierst, einen schrecklichen Tod zu sterben?

Olena stand vor den Mördern und ich begann zu rufen, damit sie mich hören und wissen würde, wie sie sich verhalten sollte.

„Olena weiß nicht, dass ich Jüdin bin“, rief ich.

„Hast du sie versteckt?“, fragte einer der Rohlinge an sie gewandt.

„Ja, habe ich.“

„Wusstest du, dass du eine Jüdin versteckst?“

„Das wusste ich.“

„Weißt du, welche Strafe für dieses Verbrechen auf dich wartet?"

„Ja. Donia ist schuldig, weil sie als Jüdin geboren wurde, und ich bin schuldig, weil ich eine Jüdin versteckt habe. Wir zwei werden gemeinsam in den Tod gehen."

„Olena, was redest du da, um Himmels willen", schrie ich sie an. Die Mörder waren verwundert. Ihr wildes, verächtliches Gelächter durchdrang die Stille und sie begannen mich erneut zu verprügeln. Was ich fühlte, kann ich nicht beschreiben. Alles ist verloren, dachte ich. Ich war schon in ihrer Gewalt, aber warum sollte auch Olena ihr Leben verlieren? Was hatte sie getan? Ihr Tod würde meine Schuld sein.

Sie schlugen mich weiter. Olena sah mich an, und plötzlich schienen ihr die Füße zu versagen. Sie fiel auf die Knie, sah zu den Mördern hoch und flehte sie an:

„Bitte schlagt sie nicht! Habt Mitleid mit ihr. Sie ist doch nur ein kleines Mädchen, sie hat nie etwas Böses getan und es ist nicht ihr Fehler, dass sie als Jüdin geboren wurde. Bitte habt Mitleid mit mir – ich kann sie nicht leiden sehen. Mein Herz hält das nicht aus. Bitte lasst sie gehen. Gebt sie mir zurück. Ich verstecke sie und keine Menschenseele wird je etwas davon erfahren. Ich werde euch ewig dankbar sein …!"

Als Antwort darauf begannen sie noch stärker auf meinen Kopf einzuschlagen. Und Olena bettelte weiter, appellierte an ihr Gewissen. Doch vergebens. Schließlich rief sie: „Bringt sie um, aber quält sie nicht!"

„Genug gespielt", sagte einer von ihnen und führte mich auf das dunkle Feld hinaus.

Olena folgte uns.

„Wo geht ihr hin?“, rief sie. „Ich möchte mit ihr gehen.“

„Ha, ha, sie möchte mit der Jüdin gehen. Die Alte ist verrückt geworden! Mach dir keine Sorgen, sie geht heute und du gehst morgen“, antworteten sie grob, gingen weiter und zogen mich mit sich. Olena rang die Hände und stand da, in tiefster Verzweiflung. Plötzlich kam Bewegung in sie und sie rannte hinter mir her. Sie trug ein Bündel in den Händen. Darin befanden sich die Kleider meines Onkels, die mir Paraschka gegeben hatte. „Vielleicht helfen sie dir“, hatte sie gesagt, als sie es mir gereicht hatte.

Olena warf mir das Bündel zu und rief: „Wer immer dir dein Leben nimmt, soll dir auch das nehmen. Ich will nichts von dir. Dich will ich.“ In diesem Augenblick wollte ich der Welt kundtun: „Seht diese einfache Frau an und lernt von ihr.“

Die Mörder führten mich in den Tod. Ich ging mit ihnen und trug das Bündel, das mir Olena zugeworfen hatte. Schweigend lief ich voran. Keiner hatte auf Olenas Bitten reagiert, keiner war von ihrem Weinen erweicht worden. Ein kalter, weißer Hügel erstreckte sich vor mir. Wir näherten uns einer kleinen Brücke über einem Bach. Die Schläger hielten inne. Einer drehte sich zu mir und meinte: „Siehst du diese Brücke? Auf der anderen Seite wartet der Tod auf dich. Du hast noch ein paar Augenblicke. Es liegt an dir. Was hast du Olena bezahlt, damit sie dich versteckt?“

„Ich habe ihr nichts bezahlt.“

Diese Mörder waren sich sicher, dass ich große Schätze besaß. Sie konnten nicht glauben, dass mir jemand ohne Gegenleistung Essen gab und Unterschlupf gewährte. Dass es in dieser Welt noch menschliche Wesen gab, begriffen sie nicht.

„Gib uns Geld, Gold oder Dollar und wir lassen dich gehen!“, versprachen sie.

„Ich habe nichts, so glaubt mir doch. Ich bin aus dem jüdischen Viertel geflohen. Alles, was ich retten konnte, war mein Leben.“

„Vielleicht hast du ja noch Geld bei jemandem versteckt oder irgendwo vergraben. Wenn du uns sagst, wo es ist, können wir es holen.“

„Ich habe nichts, nirgends.“

„Du willst also nicht leben?“

„Ich will leben, sehr sogar, und wenn ich etwas hätte, würde ich es euch bereitwillig geben. Warum glaubt ihr mir nicht? Was habe ich von Geld, wenn ihr mich umbringt? Lasst mich allein, lasst mich gehen, ich bitte euch, ich flehe euch an. Ihr wollt mein Geld und ich will mein Leben. Versteht ihr?“

„Möchtest du wirklich leben?“, fragte einer und beide brachen in Gelächter aus.

„Ja, lasst mich gehen. Ich möchte leben. Wie könnt ihr ein Leben gegen Geld aufwiegen?“

„Hahaha, wie viel wiegt es denn? Gib uns Geld, Jüdin, und rede nicht so viel.“

„Ich habe nichts, so glaubt mir doch. Nichts.“

Hätte ich doch nur etwas Geld, dann könnte ich mir meine Freiheit von ihnen kaufen, schoss es mir durch den Kopf.

Und sie begannen mich wieder unbarmherzig zu schlagen.

„Wenn es so ist, dann erzähle uns, wo sich die anderen Juden verstecken."

„Ich weiß es nicht", antwortete ich. Ich ging auf die Brücke zu. Ein Schritt und noch einer und ich wäre auf der anderen Seite. Vor mir sah ich das Haus, in dem mein Leben zu Ende gehen sollte. Alles Leid wäre dann vorbei. Ein Schuss und alles würde zu Ende sein. Es gäbe nur den Abgrund, ein Vakuum, ein Nichts.

XI

Plötzlich blieben die Mörder stehen und begannen miteinander zu flüstern. Einer von ihnen kam zu mir und fragte: „Was hast du in dem Bündel?"

Ich öffnete das Tuch und nahm einen neuen Anzug heraus.

„Ein schöner Anzug", sagte der Mann zu sich selbst. „Warte hier und lauf bloß nicht weg", befahl er mir und begann sich den Anzug genau anzusehen. Plötzlich gab er mir einen Stoß.

„Mach dich fort und komm mir nie mehr unter die Augen", herrschte er mich an. Ich traute meinen Ohren nicht. Anfangs ging ich nur langsam, dann aber begann ich zu laufen. Ich merkte nicht einmal, dass ich meine Pantoffeln im Schnee verloren hatte, spürte nicht, dass ich barfuß war. Als ich die Tür zu unserer kleinen Hütte öffnete, hörte ich das Brausen des Feuers im Ofen und sah die bleichen Flammen, die den Raum erhellten. Ich stand auf der Schwelle. Es war sehr still, das Haus schien leer zu sein. Ich erschrak. Wo war Olena? Ich sah mich nach ihr um. Die Flammen kletterten etwas höher und da erblickte ich sie. Sie war auf den Knien und flüsterte etwas. Ich sah, dass sie mit über der Brust gefalteten Händen betete. Sie hatte mich nicht hereinkommen hören.

„Olena, ich lebe, ich lebe!"

„Meine Donia, du bist es!"

„Ja, ich bin es. Sie haben die Kleider genommen und mich gehen lassen." Olena umarmte mich und weinte.

„Gott sei gedankt!", flüsterte sie im Gebet. Plötzlich hob sie wütend die Stimme: „Verflucht sei das Böse! Abschaum der Menschheit. Mögen sie auf ewig die Qualen der Hölle erleiden!"

Am nächsten Tag wusste das ganze Dorf schon in allen Einzelheiten, was passiert war. Sie hatten erfahren, dass eine Jüdin in Olenas Haus erwischt worden, freigelassen und wieder zu ihr zurückgekehrt war. Die Klatschmäuler erzählten die Geschichte in allen Einzelheiten; Jung und Alt sprach über nichts anderes. So war ich abhängig vom guten Willen jedes Einzelnen im Dorf. Jeder Rohling konnte auf mich losgehen. Jeden Augenblick rechnete ich damit, von denselben Mördern oder ihresgleichen wieder erwischt zu werden. Ich machte mir keine Illusionen, hatte keine Hoffnung mehr.

Da kam Paraschka zu mir. Sie war verwirrt, hatte wie alle anderen von mir gehört und war erstaunt darüber, dass die beiden Schurken mich hatten gehen lassen.

„Bitte, Donia", flehte sie mich an, „geh weg, irgendwohin. Verschwinde, wenn dir dein Leben lieb ist! Trau denen nicht. Ich kenne Ilka Filvartschuk sehr gut, er ist ein Mörder. Er hat schon Dutzende wie dich den Deutschen ausgeliefert. Lauf, lauf irgendwohin – nur weg von hier. Du hast so viel gelitten, nun musst du dein Leben retten. Jede Minute ist kostbar, jede Minute kann es eine Katastrophe geben. Verlier keine Zeit – lauf!"

Ich zog mir Huzulenkleidung an und ging fort. Der Tag war klar, der Himmel blau und wolkenlos. Die Sonne schien golden. Ich konnte mich nicht mehr erinnern, wann ich zuletzt so reine, süße Luft geatmet hatte. Die Welt war schön. Der festgetretene Schnee knirschte unter meinen Füßen und Schlitten fuhren vorbei. Der Klang ihrer Glocken kündigte sie schon von Weitem an, sodass ich beiseitetrat und sie vorbeifahren ließ. Alles um mich herum war blendend weiß – die Wälder, die Felder. Ich sah die Spuren von Tieren im Schnee. Allerdings drang Schnee durch die Löcher meiner abgetretenen Schuhe und ich litt unter der Kälte.

Gelegentlich hauchte ich meine kalten Hände an oder steckte sie zum Schutz vor der Kälte in meine Ärmel. „So ein armes Mädchen!", sagte eine Frau beim Vorbeigehen. Sie machte ein mitleidiges Gesicht, dann verschwand sie rasch.

Auf dem Rücken trug ich Bündel mit Salz und getrockneten Früchten zum Verkaufen. Wollte jemand tatsächlich etwas kaufen, nannte ich ihm absichtlich einen hohen Preis, damit er das Interesse verlor und ich mit meiner Last weitergehen konnte, als sei ich ein armes Bauernmädchen aus dem Dorf Utorop.

Der Hunger quälte mich. Ich nahm einen trockenen Brotlaib heraus und aß beim Gehen gierig davon. Ein paar Krumen warf ich den Vögeln hin, doch sie hatten Angst und flogen in Scharen davon, während sie aufgeregt in den hellen Tag hinein zwitscherten. Da erinnerte ich mich an die Tage, als ich mich um die Vögel im Winter sorgte. Nach einiger Zeit war ich müde und setzte mich auf einen Baumstumpf am Rand der Straße. Die Menschen gingen vorüber, ohne Notiz von mir zu nehmen. Deutsche in Autos und gelegentlich auch Polizisten auf Motorrädern fuhren vorbei. Der Schnee begann zu schmelzen und Wasser tropfte von den Hausdächern. Inzwischen war es Nachmittag geworden. Dicker Rauch stieg aus den Schornsteinen der Häuser. Die Kinder kamen von der Schule heim. Auch ich war einst zur Schule gegangen, erst ein halbes Jahr war es her, und doch schien es mir, als sei seither eine Ewigkeit vergangen. Die Kinder warfen Schneebälle und manche flogen auch in meine Richtung. Dann fingen sie an, einen Schneemann zu bauen. Das Leben ging weiter wie immer, ohne dass man sehen konnte, welche schrecklichen Veränderungen es gegeben hatte.

Ich ging wieder los. Die Säcke zu tragen fiel mir schwer, doch verdrängte ich das ebenso wie die Sorge darüber, wohin mich die Straße führen würde. Da hörte ich mit einem Mal Schüsse. Das Geräusch kam immer näher. Verängstigt und zugleich immer neugieriger hörte ich den Gesprächen der Passanten zu. Zwei Frauen holten Wasser aus einem Brunnen und unterhielten sich.

„Hörst du das Schießen?“

„Was kümmert's mich? Wahrscheinlich erschießen sie die Juden im Ghetto von Kolomea!“

„Da sind keine Juden mehr“, erwiderte die erste Frau. „Sie wurden alle zum Scheperow-Wald transportiert und dort umgebracht. Ich fürchte, jetzt bringen sie auch unsere Leute um!“

In dieser Nacht erzählten Menschen, die aus der Stadt zurückkehrten, von den schrecklichen Ereignissen dort. Tagsüber hatten die Deutschen Ukrainer und Polen erschossen – jeden, den sie für verdächtig hielten. Dem entnahm ich, dass ich in die Nähe der Stadt kam. Ich musste also in eine andere Richtung gehen. Aber zuerst wollte ich einen Platz zum Schlafen suchen, denn es wurde bereits dunkel. Die Sonne versteckte sich hinter Wolken, der Schnee wurde grau und das Knirschen unter meinen Füßen rauer. Eine kalte, klare

Winternacht rückte näher. Ich ging schneller, bis ich zu einem Haus kam, das fast einzustürzen drohte. Ich öffnete die Tür, doch ein großer schwarzer Hund sprang mit lautem Bellen auf mich zu. Vom Bellen alarmiert kam der Besitzer des Hauses, ein großer, bärtiger Bauer, zur Tür. Als er mich sah, runzelte er die Stirn.

„Was willst du?"

„Ich wollte Sie um einen Schlafplatz bitten. Ich habe den ganzen Tag Salz verkauft und bin einen weiten Weg gegangen. Jetzt wird es Nacht und ich kann nicht mehr weiter."

„Ich habe kein Zimmer. Geh zu meinem Nachbarn", erwiderte er, zeigte auf ein Haus in der Nähe und verschwand hinter der Tür.

Im zweiten Haus konnte ich das fahle Licht einer Öllampe erkennen. Die Tür war verschlossen und drinnen kein Geräusch zu hören. Ich klopfte. Die dünne Stimme einer Frau antwortete.

„Wer ist da?"

„Brauchen Sie vielleicht Salz oder getrocknete Früchte? Ich verkaufe es."

„Wie viel?"

„Öffnen Sie die Tür und wir einigen uns auf einen Preis. Sehen Sie sich erst an, was ich anzubieten habe."

Ich sehnte mich mit ganzem Herzen danach, ein Dach über dem Kopf zu haben. Ein kalter Wind blies und meine Füße waren völlig durchnässt. Ein nackter kleiner Junge, etwa zehn Jahre alt, öffnete die Tür. Am Ofen saß ein großes schwarzhaariges Mädchen und auf einem Bett eine alte Frau in zerrissener Bluse. Als ich ins Haus trat, stand sie auf. Außer dem breiten Bett, einer großen Kommode und Heiligenbildern an der Wand war der Raum leer. Not und Elend lugten aus jeder Ecke. Die Frau war Witwe, ihr Mann erst vor Kurzem gestorben. Ihre Kinder wirkten ungepflegt; sie zankten sich und achteten nicht auf ihre Mutter.

„Ich würde mich gern etwas aufwärmen und fragen, ob Sie einen Platz zum Schlafen haben, dann können wir über das Geschäft reden", schlug ich vor. Ich ging zum Feuer und rieb meine gefrorenen Hände.

„Ich habe keinen Platz, wo du dich hinlegen könntest", entgegnete die Frau, „und auch nichts zum Zudecken für dich."

„Das macht nichts", antwortete ich. „Ich lege mich irgendwohin, ich will nur schlafen."

„Nein, das ist unmöglich. Absolut unmöglich. Wir haben Befehl erhalten, keine Fremden zum Schlafen aufzunehmen oder ihnen Unterschlupf zu gewähren", sagte sie und sah mich dabei scharf an.

„Aber es ist schon spät und ich weiß nicht, wohin ich gehen soll", entgegnete ich.

„Was kann ich dafür? Ich kann dir nicht helfen", herrschte sie mich an, als wollte sie mich so schnell wie möglich loswerden. Unterdessen war es dem kleinen Jungen gelungen, die Säcke zu öffnen, die ich auf eine Bank gestellt hatte. Gierig begann er die getrockneten Früchte zu verspeisen. Ich wusste nicht, was ich tun sollte: weiter auf die Frau einreden oder mitten in der Nacht im Dorf herumlaufen. Ich stand ihrer Unnachgiebigkeit verwirrt und hilflos gegenüber. Also ging ich zu meinen Säcken und wollte das Haus verlassen. Als der Junge das sah, lief er zu seiner Mutter und bat sie mit aller kindlichen Unschuld, mich über Nacht bleiben zu lassen. Er flüsterte ihr etwas ins Ohr. Vermutlich wollte er nicht auf die süßen Früchte verzichten.

Eine instinktive Furcht ergriff mich, als ich ihren durchdringenden Blick sah. Ich zitterte; Misstrauen und Angst stiegen in mir hoch – Gefühle, die mir inzwischen allzu vertraut geworden waren. Ich hatte mich der Frau gegenüber als Salzverkäuferin aus Utorop ausgegeben. Meine Tarnungen waren ein Huzulengewand, die ukrainische Sprache, die ich perfekt beherrschte, und die bäuerlichen Gesten der Landbevölkerung, die mir immer leichter fielen, denn ich kannte diesen Menschenschlag von klein auf. Ich versuchte mir einzureden, dass ich das Recht hätte, die Privilegien einer armen Huzulenfrau ohne eine Menschenseele auf der Welt, einer einsamen, wandernden Krämerin, die Salz verkaufte, für mich in Anspruch zu nehmen. So gerüstet stand ich der Frau gegenüber, die versuchte, hinter meine Verkleidung zu blicken und herauszufinden, wer ich wirklich war. Da verflog meine Angst und ich fühlte eine trotzige Zuversicht. Gleichzeitig aber wuchsen meine Skepsis und mein Misstrauen.

Was denkt diese Frau wirklich? Prüft sie jeden, dem sie begegnet, ebenso genau oder nur mich?

Zweifel marterten mich. Nach ihrem musternden Blick zu urteilen war die Lage offensichtlich ernst. Ich konzentrierte mich darauf, die Fassung zu bewahren, aber das Gefühl, in Gefahr zu schweben, wurde immer stärker. Die Frau schob den kleinen Jungen weg und schickte ihn zu Bett. Wir waren nun allein. Ich wusste, dass etwas Ungutes in der Luft lag. Im Zimmer war es recht dunkel. Die Öllampe reichte kaum aus, um eine Ecke zu erhellen. Ich versuchte im Schatten zu bleiben. So standen wir beide stumm da und musterten uns gegenseitig. Plötzlich zog sie einen trockenen Zweig unter dem Ofen hervor, zündete ihn im Feuer an, kam zu mir her und hielt ihn mir in das Gesicht, um es besser zu sehen. Sie zündete einen zweiten Zweig an, dann einen dritten und fixierte mich dabei ganz genau. Ich wusste nicht, was ich tun sollte – stumm bleiben oder etwas sagen.

„Woher kommst du?“

„Aus Utorop“, entgegnete ich ruhig.

„Hast du Eltern?“

„Nein. Sie sind vor zwei Jahren gestorben, als die Pest in unserem Dorf wütete und viele Leben forderte. Ich bin ganz allein unter Fremden geblieben. Nach dem Tod meiner Eltern habe ich als Hausmädchen für reiche Leute gearbeitet, aber seitdem Krieg ist, gibt es in der Stadt nichts mehr zu essen, und so habe ich beschlossen, Salz zu verkaufen.“

„Hast du Brüder? Schwestern?“

„Ich habe einen Bruder, der in den Krieg gezogen ist, aber ich habe nichts mehr von ihm gehört.“

„Bist du schon lange so unterwegs und täuschst die Leute?“, fragte sie ruhig, als sie alle Fragen gestellt hatte. Es war eine gefährliche Situation, aber auch interessant und vielleicht sogar interessanter als gefährlich.

„Wie lange wanderst du schon herum und erzählst den Menschen Lügen?“, fragte sie mich erneut.

Ich sagte nichts.

„Warum bist du so still?“, rief sie plötzlich. „Es gibt noch immer viele wie deinesgleichen, die sich hinter unseren Röcken verstecken. Aber nicht mehr lange. Euer Ende kommt, eure Strafe für das Böse, das ihr uns angetan habt, für den Sohn Gottes, den ihr gekreuzigt habt, sie naht."

Welchen Sohn Gottes, dachte ich. Über ihn hat mir Großvater nie etwas erzählt.

„Wovon redest du, Frau?", hielt ich ihr entgegen. „Ich verstehe kein Wort."

„Du verstehst nicht? Du bist eine Jüdin! Ich bin oft an eurem Haus vorbeigegangen und erkenne dich. Na, was sagst du jetzt?"

„Du irrst dich. Das muss jemand gewesen sein, der wie ich ausgesehen hat." Ich gab mir größte Mühe, ruhig zu sprechen.

„Gott sei Dank habe ich ein gutes Gedächtnis. Ich irre mich nicht. Sei still und versuche nicht, es zu leugnen."

Ich wusste nicht, was ich darauf erwidern sollte. Meine Argumente waren erschöpft. Sollte ich sie zu überzeugen versuchen, dass ich keine Jüdin war, oder ihr erklären, dass wir den Sohn Gottes nicht ermordet hatten und das nur grundloser Hass war? Ich war in immer größerer Bedrängnis. Offensichtlich hatte ich es mit einer gerissenen, hartnäckigen Frau zu tun. Zorn blitzte aus ihren Augen, sie bebte vor Wut. Erklärungen würden mich kaum weiterbringen. Diese Frau war voll vergiftetem Hass, gegen den nichts ankam.

Die Kinder saßen an den Ofen gekauert und waren durch die schrille Stimme ihrer Mutter eingeschüchtert, ich hingegen völlig verzweifelt. Ich sah mich und mein Volk von blindem Hass umgeben, üblen Beleidigungen, Verleumdungen und Verwünschungen ausgesetzt. Mir war das alles unverständlich. In diesem Augenblick musste ich daran denken, wie Großvater an Freitagabenden die Fensterläden verriegelt hatte, wie er Angst gehabt hatte, laut zu beten. Ich erinnerte mich daran, wie die Kinder mich manchmal angeschrien hatten: „Geh weg von hier, Jüdin, geh nach Palästina!" Mir fiel wieder ein, wie der polnische Schulleiter eines Tages gekommen war, um den herausragenden Schülern Preise zu überreichen. Obwohl ich eine der Besten gewesen war, hatte ich keine Auszeichnung erhalten, weil ich Jüdin war. Ich erinnerte mich daran, wie sehr mich diese Ungerechtigkeit verletzt hatte …

Die Frau hat mich erkannt, ging es mir durch den Sinn. Was soll ich jetzt tun? Erst gestern konnte ich mich dem Griff von Mördern entwinden und nun war ich in der Höhle einer wütenden Löwin gelandet. Ich konnte nicht weglaufen, es war zu spät. Meine Mühsal, meine verzweifelten Kämpfe, waren vergeblich gewesen. Alles war verloren.

„Zieh dich aus", befahl mir die Frau zornig. Sie begann meine Säcke zu öffnen und das Salz, die Früchte und das Brot, das mir Paraschka mit auf den Weg gegeben hatte, herauszunehmen. „Bist du noch nicht ausgezogen? Ach, du willst, dass ich das mache?", schrie sie mich an. Sie zerrte mir den Schal vom Kopf, riss mir den Huzulenmantel vom Leib und begann mich gründlich zu durchsuchen. Als sie nichts gefunden hatte, fuhr sie mich an: „Wie ist das möglich? Du hast wirklich überhaupt nichts?"

Da fiel mir ein, dass ich doch etwas hatte: Paraschka hatte mir ein paar Münzen mitgegeben, die ich in den Bündeln versteckt hatte. Ich holte sie heraus und gab sie der Frau, die das Geld zählte und dann sagte: „Ich bin eine arme Frau, eine Witwe mit Kindern, und ich habe nichts zum Leben. Der Winter ist da und ich habe nichts zu essen eingelagert. Ich bin daher bereit, dich ein paar Tage bei uns bleiben zu lassen, aber nur, wenn du uns alles gibst, was du hast."

So gab ich ihr alles und blieb eine Woche lang bei ihr. Ich begriff, dass diese Frau alles tun würde, was ihr in irgendeiner Weise helfen würde. Ich glaubte kein Wort von dem, was sie sagte, hatte Angst bei jeder Bewegung, die sie machte, und war doch dankbar, dass alles so gekommen war. Es hätte viel schlimmer kommen können.

XII

Nach einer Woche jagte mich die Alte davon. Ich ging zurück nach Mikitinitz, wo Paraschka mir erzählte, dass das ganze Dorf noch immer in heller Aufregung über den Vorfall war und Ilka Filvartschuk Olena in ihrer Hütte aufgesucht hatte, um sie über mich auszufragen. Es blieb mir nichts anderes übrig, als noch in derselben Nacht nach Verbizh zurückzukehren, das Dorf, in dem die Alte mit den Kindern lebte. Wieder packte mir Paraschka ein paar Säcke mit Salz, Brot und Trockenobst ein, die ich der alten Frau gab, damit ich noch eine Woche bei ihr bleiben konnte. Anschließend ging ich ein weiteres Mal nach Mikitinitz zurück, diesmal nachts, damit mich niemand sah. Eine Windbö warf mich um. Ich stand auf und ging weiter. Mehr als einmal verlief ich mich auf der schneebedeckten Straße oder stolperte in Schneewehen, in denen ich beinahe erstickte. Zunächst war die Kälte fast unerträglich. Ich fühlte mich schwach und saugte an Schneebällen. Allmählich aber wurde mir wärmer, bis nach einer Weile ein Glühen meinen Körper durchflutete und mir der Schweiß auf die Stirn trat. Ich kämpfte bei jedem Schritt gegen den Sturm, marschierte aber von Angst getrieben beharrlich weiter.

Die Häuser standen in Reihen, alles lag in tiefem Schlaf. Nur ich war wach, ich und meine Angst, die mir wie ein Schatten folgte. Ich begann mich zu beeilen, denn ich wollte noch vor Tagesanbruch in Mikitinitz sein. Plötzlich hörte ich ein lautes Bellen. Ein Rudel Hunde rannte auf mich zu. Ich wusste, dass es keinen Sinn hatte davonzulaufen, deshalb stand ich einfach nur stocksteif und gelähmt vor Angst da. Die Hunde scharten sich um mich und beschnüffelten mich von oben bis unten. Unter ihnen waren kleine schwarze, andere, die groß wie Wölfe waren, und wieder andere mit gelocktem Fell und langen Ohren bis zum Boden. So standen sie da und sahen mich an. Sie müssen mein Elend gespürt haben, denn keiner von ihnen rührte mich an. Lange verharrte ich so, nicht wissend, wie ich diese nächtlichen Aufpasser hätte loswerden sollen. Ich hatte Angst, dass sie über mich herfallen würden, wenn ich mich bewegte, und wagte es daher nicht, mich zu bewegen.

Schon hörte man die ersten Hahnenschreie, die den nahenden Morgen ankündigten. Ein Schlitten raste im Schnee vorüber. Die Hunde jagten hinter ihm her und verschwanden. Rasch ging ich weiter. Bald dämmerte es, doch ich hatte noch ein gutes Stück Wegs zu gehen. Ich kam an schlafenden Höfen vorbei. Als ich Mikitinitz erreichte, war der dunstige Morgen heraufgezogen. Ich hörte, wie Türen aufgesperrt wurden, und sah die ersten Gestalten in den Eingängen stehen. Sie waren noch nicht ganz angezogen und rieben sich den Schlaf aus den Augen. Ich wusste, dass mir für ein sicheres Vorankommen nicht mehr viel Zeit blieb, bevor sich ihre schläfrigen Augen aufklarten und sie gut sehen konnten. Es war an der Zeit für mich zu verschwinden. Alles um mich herum erwachte. Viel zu schnell platzte die Schale, die die Erde mit Dunkelheit bedeckt hatte, und es quoll ein lärmender, wilder Strom des Lebens heraus. Die Wälder summten, die Felder raschelten, die Stimmen von Menschen erfüllten die Luft.

Ich eilte in Paraschkas Hof und schlüpfte leise an den zerbrochenen Fenstern vorbei in mein Versteck. Noch waren neben dem Haus keine Fußabdrücke im Schnee zu sehen, was mir gar nicht zupass kam. Ich kroch hinter das Haus und an der Scheune vorbei, bis ich vor einer kleinen Hütte stand. Ihr Dachboden war mein Unterschlupf. Wie eine Diebin stahl ich mich von Ecke zu Ecke, bis ich die Tür erreichte.

Was für ein Glück, dass ich unterwegs nicht vom Tagesanbruch überrascht worden war und mein Ziel schon erreicht hatte. Nun konnte ich mich verstecken, während es hell war; niemand würde mich sehen. Zufriedenheit erfüllte mich: Ich hatte nach einer durchwanderten Nacht mein Ziel erreicht. Ich stand vor der Tür und versuchte sie zu öffnen, doch was für eine böse Überraschung: Sie war verschlossen.

Was sollte ich tun? Wohin konnte ich flüchten? Ich sah mich um. Der Morgen hatte die ganze Welt in Licht getaucht, mich eingeschlossen. Bald würde man mich sehen und all meine Mühe wäre umsonst gewesen. Verzweifelt begann ich an die Tür zu pochen, doch sie gab nicht nach. Plötzlich hörte ich ein Rascheln – in der Scheune wurden die Kühe gemolken. Ich hielt den Atem an und lauschte. Jemand begann zu husten.

Wahrscheinlich ist das Paraschka, die sich um die Tiere kümmert, dachte ich.

„Paraschka, Paraschka", rief ich flüsternd.

„Wer ist da?", kam die Stimme eines Mannes.

Ich habe mich verraten, schoss es mir durch den Sinn. Ich begann zu laufen und eilte in ein nahe gelegenes Haus mit schiefem Dach. Dann versuchte ich mich zu beruhigen und verlegte mich auf eine neue Strategie.

„Gelobt sei der heilige Jesus", sagte ich, als ich über die Schwelle trat.

„In Ewigkeit Amen", antwortete eine alte Frau.

„Darf ich mich bitte an Ihrem Feuer wärmen?"

„Wer bist du?“

„Ich bin aus Vrozbowietz. Letzte Nacht gab es eine Aushebung in unserem Dorf, doch konnte ich flüchten. Ich wollte nicht nach Deutschland geschickt werden. Dort ist schon eine Schwester von mir. In ihren Briefen schreibt sie, wie schrecklich es ist.“

„Heißt das, du bist vor der Polizei davongelaufen? Gut für dich. Haben sie viele von unseren jungen Leuten erwischt? Was meinst du?“, fragte die alte Frau.

„Nicht viele. Wir wissen, wie wir ihnen entwischen können. Wenn die Polizei ins Dorf kommt, macht die Nachricht schnell die Runde und jeder läuft, wohin ihn seine Beine tragen.“

„Gut, dass du ihnen entkommen bist. Letzte Woche hatten wir auch hier eine Aushebung. Zu unserem Leidwesen ist es den Bösewichten gelungen, einige Jungen und Mädchen zu erwischen. Manchmal kann man nicht einmal in seiner eigenen Wohnung in Frieden sitzen; kein Mensch ist mehr Herr seines Schicksals und niemand weiß, was der nächste Tag bringt. Jeder fürchtet jeden, selbst Brüder gehen aufeinander los. Und weißt du, warum? Weil die Menschen gesündigt und Gott vergessen haben – kein Wunder, dass er auch sie vergessen hat. Gott schlägt nicht mit dem Knüppel, sondern schickt Strafe vom Himmel. Das ist das Ende der Welt.“

Ein schlimmer Husten schüttelte die alte Frau und sie atmete schwer. Ich stimmte ihr nickend zu.

„Komm näher zum Ofen“, bat sie mich. „Du bist ja blau vor Kälte.“

Ich ging hinüber zu ihr. Plötzlich ging die Tür knarrend auf und Vassil Hrihorischin, Paraschkas Mann, kam herein. Ich war nicht überrascht, ihn zu sehen, und hatte gehofft, er würde kommen. Ich versuchte mich zu beherrschen. Während er den Blick schweifen ließ, als suche er jemand, bewegte ich mich nicht. Als er mich bemerkte, sah er mich direkt an.

Nun erfährt die alte Frau die ganze Geschichte, wer ich bin und vor wem ich mich verstecke, dachte ich.

Vassil kannte mich sehr gut, denn vor dem Krieg hatte er uns oft besucht. Ich wusste, dass er mir nicht schaden wollte und nur darauf bedacht war, seine eigene Haut zu retten. Ich wusste auch, dass Paraschka wegen mir leiden würde.

Der Mann stand da und sah mich an, musterte mich von Kopf bis Fuß und lächelte hinter seinem Schnurrbart. Ich stand still und sah ihm direkt in die Augen. Die alte Frau war über seinen Besuch so überrascht, dass sie kein Wort herausbrachte. Vassil hatte noch niemals einen Fuß über ihre Schwelle gesetzt. Er war *soltys*, der Ortsvorsteher des Dorfs, und hatte nie Zeit für unnütze Plaudereien mit einfachen alten Frauen.

„Bitte setz dich“, sagte die Alte schließlich zu ihm, und deutete auf eine Bank.

„Danke, ich habe keine Zeit“, entgegnete er. „Ich will nur sehen, wie es dir geht und wie du zurechtkommst.“

Nun wusste ich, dass er nicht die Absicht hatte, der Frau mein Geheimnis zu verraten.

Er drehte sich um und ging. Die alte Frau folgte ihm nach draußen und sah ihm lange erstaunt nach. Sie hatte keine Ahnung, worum es hier ging. Zwar hatte sie mir geglaubt, aber in dem Augenblick, da Vassil in das Haus getreten war, waren Zweifel in ihr gewachsen.

Unterdessen war eine weitere Frau gekommen. Sie forderte die Alte auf, zu Paraschka zu gehen. Daraufhin bat die Alte die Frau, bei mir zu bleiben – sie wollte mich nicht allein lassen –, und ging zu Paraschka.

„Ich bin gleich wieder da", sagte sie beiläufig, schlug die Tür zu und verschwand. Ich wärmte mich weiter am Ofen. Die trockenen Zweige knisterten anheimelnd und wurden von den roten Flammen verzehrt. Ich streckte meine Hände den Flammen entgegen. Eine herrliche Wärme durchflutete mich. Nach einer Weile kam die Alte mit einem Laib Brot, Maismehl und einem Krug Milch zurück. Sie war plötzlich sehr freundlich und lud mich zum Frühstück ein. Nach dem Essen ging sie hinaus, wohl um zu arbeiten, und schloss mich im Haus ein. Ich blieb allein und horchte in die Stille. Dabei sah ich mir das Zimmer an, in das mich die Angst getrieben hatte, und dachte bei mir: Heute hat mich der Zufall hierhergebracht, aber was wird morgen sein? Ich schwimme auf den Wogen des Schicksals und weiß nie, ob ich sicher an Land kommen oder in den Tiefen untergehen werde.

Den ganzen Tag saß ich allein in dem seltsamen, verschlossenen Haus. Am Abend kam Paraschka und erklärte mir alles. Sie war krank gewesen, weshalb die Tür zur Hütte verschlossen gewesen war. Ihr Mann hatte die Kühe gemolken und mich rufen gehört. Er hatte eine Weile gewartet, dann war er nach draußen gegangen, um zu sehen, wer rief. Er hatte begriffen, dass, wer immer es gewesen sein mochte, sich versteckt hatte – die Fußabdrücke im Schnee hatten eine deutliche Sprache gesprochen. Als er vom Besuch der Alten nach Hause gekommen war, hatte er natürlich Krach geschlagen, seiner Frau eine Standpauke gehalten und ihr jeden Kontakt mit mir verboten. Paraschka aber hatte sich nicht darum gekümmert, was ihr Mann gesagt hatte. Als er aus dem Haus gegangen war, hatte sie die Alte gerufen und sie sehr behutsam – ohne ihr zu verraten, dass sie etwas wusste, sondern nur als Fremde, der ein unglückliches Mädchen leidtat – darum gebeten, mich ein paar Tage bleiben zu lassen, bis sich alles beruhigt hatte und die Aushebung in Vrozbowietz vorüber war.

XIII

Paraschkas Worte hatten eine enorme Wirkung auf die alte Frau und so durfte ich in der Hütte bleiben. Ich saß mit ihr in ihrer leeren, heruntergekommenen Behausung. Sie hatte die winzigen Fenster mit Brettern vernagelt, die Ritzen mit Lumpen und Papier zugestopft. Nie durchdrangen Sonnenstrahlen die Düsternis ihres Hauses. Die Ecken waren feucht, die Wände grau und kahl – nur zwei Heiligenbilder hüteten das Haus. Ununterbrochen seufzend saß die Alte da, niedergeschlagen, faltig, vor Kälte zitternd. Ihre Kleidung bestand aus einem Haufen Lumpen. Die Bilder waren ihr Leben. Sie kniete mit ausgestreckten Händen vor ihnen und flüsterte Gebete. Mitunter rief sie während ihrer Beschwörungen: „O Heilige Mutter! O Sohn Gottes“ So betete sie stundenlang. Wenn ich sie manchmal mit ihren zu den Bildern erhobenen Händen völlig regungslos knien sah, schien mir, als habe sie sich selbst in eine Statue verwandelt. Mit einem Gebet auf den Lippen ging sie zu Bett und betend erwachte sie morgens. So vergingen die Tage. Und jeden Tag fragte sie mich aufs Neue, wann ich wegzugehen gedachte.

Ich wusste, ich würde nie wieder in mein eigenes Zuhause zurückkehren. Es war zerstört worden, bis auf die Grundmauern abgebrannt. Es war fort.

Eine Woche, zwei Wochen vergingen. Eines Nachts weckte mich die alte Frau und schrie aus Leibeskräften: „In welcher Sprache hast du gerade geredet?“ Ihr runzliges Gesicht war verzerrt vor Wut. Ihre kleinen Augen traten fast aus den Höhlen. Sie machte mir Angst.

„Wer bist du?“, schrie sie heiser. Als ich nicht antwortete, fuhr sie fort zu kreischen.

„Du hast im Schlaf Jiddisch gesprochen! Du hast dich verraten! Jetzt hast du die Katze aus dem Sack gelassen!“

„Meine liebe Frau“, sagte ich, „was denken Sie sich? Ich habe vielleicht im Schlaf gesprochen und Sachen gesagt, die keinen Sinn ergeben – aber niemals auf Jiddisch!“

„Ich will dich nicht mehr in meinem Haus haben“, entgegnete sie. „Geh irgendwohin, aber geh!“

Am nächsten Morgen verließ die alte Frau früh das Haus. So blieb ich allein zurück, ohne zu wissen, was ich tun sollte. Ich wollte weglaufen, aber die Tür war versperrt.

Wohin mag die alte Frau gegangen sein? Die Frage marterte mich. Ich rechnete mit weiterem Ärger. Plötzlich klopfte jemand an die Tür. Draußen stand Paraschka. Ich war froh, mit ihr reden zu können.

„Paraschka, hilf mir. Was soll ich tun?“

Die Worte sprudelten nur so aus ihr heraus.

„Die Alte ist sich sicher, dass du Jüdin bist. Ich habe versucht, sie davon zu überzeugen, dass sie sich irrt, aber es ist mir nicht gelungen. Sie wurde halsstarrig, will dich nicht mehr im Haus haben. Donia, du musst wieder weglaufen – sofort. Schleich dich aus dem Haus, sobald es dunkel wird, und geh durch die Felder. Überquere sie schräg und du kommst zu dem Weg, der dich direkt zu Olena führt.“

Wir verabschiedeten uns. Am Abend stahl ich mich aus dem Haus und ging über die Felder, wie Paraschka mir geheißen hatte. Ich lief über weite, schneebedeckte Äcker, bis ich auf einen glatten, gewundenen Weg stieß. Er führte bergauf und bergab. In gar nicht so großer Entfernung konnte ich das Tal mit dem Haus sehen, das ich so gut kannte. Mein Herz klopfte vor Freude bei dem Gedanken, dass ich Olena wiedersehen würde. Ich wusste, dass sie mich immer mit offenen Armen aufnehmen würde.

Plötzlich kamen – Gott im Himmel! – zwei Betrunkene Arm in Arm singend und wankend auf mich zu. Sie waren so nah, dass ich keine Zeit hatte, mich zu verstecken.

„He, kleines Mädchen, warte", rief einer von ihnen mit heiserer, trunkener Stimme. Ich erkannte sie, es war die von Ilka Filvartschuk.

Jetzt bin ich verloren, dachte ich. Mir gaben die Knie nach, doch ich marschierte weiter, ging in den Hof eines Hauses und versteckte mich hinter dem Zaun. Dort wartete ich, bis die Trunkenbolde vorbeigegangen waren. Dann machte ich mich wieder auf den Weg. Nach kurzer Zeit erreichte ich mein Ziel. Vorsichtig klopfte ich an die Tür. Keine Antwort. Olena wusste ja nicht, dass ich es war. Ich hustete dreimal. Die Tür öffnete sich einen Spalt. Olena schlang ihre Arme um mich und weinte vor Glück.

„Donia, Donia! Donia lebt noch!" rief sie immer wieder. „Es hieß, dass der Leichnam eines jüdischen Mädchens in den Feldern gefunden worden sei und ich hatte – Gott bewahre! – schon Angst, dass es du gewesen sein könntest. Tag und Nacht habe ich geweint, ich war so sicher, dich nie wieder zu sehen. Es war schwer für mich ohne dich, so schwer! Verlass mich nicht mehr, Donia, wir müssen immer zusammenbleiben, verstehst du?"

Unser Glück über das unerwartete Wiedersehen war grenzenlos. Ich erzählte ihr, was mir widerfahren war und wir sprachen über die wichtigste Frage: Wie würde ich mich von den Mördern fernhalten können? Die Gefahr war noch nicht vorüber. Am schlimmsten war, dass Ilka Filvartschuk nach wie vor hinter mir her war und wissen wollte, wo ich mich befand. Einige Male schaute er sogar vorbei, um sich nach mir zu erkundigen. Auch der Winter und die Kälte machten Probleme. Dann fiel Olena ein, dass sich neben der Straße über dem schmalen Weg durch die Hügel ein tiefes Loch befand. Es lag zwar unweit der Straße, war aber die einzige mögliche Zuflucht für mich. Und so begann ich in dem Loch zu leben. Olena bedeckte seine Öffnung mit Zweigen und der Schnee legte eine dicke, weiße Schicht darüber. Es war ein primitiver Unterschlupf, aber schwer zu finden, denn es würde keinem in den Sinn kommen, dass hier, ganz nah an der Straße unter einer Lage Schnee, ein Mensch lebte. Olena brachte mir nachts Essen. Sie nahm den Weg über die Hügel, um keine Fußabdrücke im Schnee zu hinterlassen. Ich lag regungslos auf dem gefrorenen Boden in dem Loch und wartete auf Rettung. Eine dicke Schicht Schmutz und Unrat bedeckte mich. Läuse und Flöhe saugten mir das Blut aus. Ich war sicher, nicht mehr wie ein Mensch auszusehen.

Hat das Leid keine Grenzen, fragte ich mich? Werde ich auf meinen gefrorenen Beinen noch laufen können? Ich hatte große Zweifel. Werden meine Augen je wieder Licht sehen? Ich konnte es nicht glauben. Werde ich überhaupt wieder in der Lage sein, ein normales Leben zu leben? So etwas konnte ich mir nicht mehr vorstellen. Ich wusste, dass der Kriegsgott meine Welt zerstört und mein Leben vernichtet hatte, wusste, dass ich allein auf hoher See war, während die Wellen mich zu verschlingen drohten und mein Schiff bereits sank. Das stürmische Meer versuchte mich zu verschlingen und der wütende Sturm zerrte mich vom Ufer weg. Nur Olena wachte über mich und stand mir bei, nichts konnte sie davon abbringen. Nachts schlief sie nicht und tagsüber sorgte sie sich um mich, während ich in der Grube lag wie ein lebender Leichnam. Meine Augen lagen tief in den Höhlen, mein Haar war stumpf. Nie erreichte mich Tageslicht – für mich war immer Nacht. Jedes Geräusch, jede Bewegung machte mir nur noch mehr Angst. Mein Hörsinn war geschärft, meine Nerven gespannt, in meinem Kopf herrschte Chaos.

Der Wald um mich herum murmelte sehnsuchtsvoll und wir beide sangen ein Lied des Leids. So verstrichen die Monate in monotonem Leid. Kalte, dunkle Tage reihten sich aneinander, nichts unterschied sie voneinander. Manchmal dachte ich, ich ertrage es nicht länger, ich kann nicht mehr! Verzweiflung erfasste mich. Mehr als einmal glaubte ich meinen Verstand zu verlieren. Dann entfuhr mir ein tonloser Schrei, ein hilfloses Wimmern. Quälende Fragen drängten sich auf: Wie lange, wie lange noch sollte das Leiden andauern?

Als der Schnee schmolz, war es nicht mehr möglich, in dem Loch zu bleiben. Olena wusste sich nicht mehr anders zu helfen, als sich einer Nachbarin namens Mikitnik anzuvertrauen. Die arme Frau nahm mich vorübergehend auf und versteckte mich auf dem Dachboden. Nicht einmal ihre Kinder weihte sie ein. Eines Tages kam ihre Tochter auf den Dachboden und sah mich. Sie erschrak so sehr, dass sie die ganze Treppe hinunterfiel.

Ich harrte nicht mehr lange im Haus aus, da mein Zufluchtsort wieder entdeckt worden war. So blieb mir nur die inzwischen schon verdächtige Hütte. Olena zerrte eine große Truhe ins Haus, die mir bei Gefahr als Versteck diente. Aber die Gerüchte, wo ich war, verbreiteten sich im ganzen Dorf, und alle möglichen Leute begannen Olena einen Besuch abzustatten, sogar die Kinder, während ich in der Truhe kauerte und ihren Gesprächen lauschte. Die Erwachsenen fragten nicht direkt nach mir, versuchten Olena jedoch das Geheimnis mit List und Tücke zu entlocken. Die Kinder dagegen wollten ohne Umschweife wissen: Wo ist die Jüdin, die in deinem Haus erwischt worden ist?

„Ich weiß nicht, meine lieben Kinder“, antwortete Olena dann. „Wahrscheinlich lebt sie nicht mehr.“

„Wie hat sie ausgesehen?“, fragte ein Mädchen mit dünner Stimme.

„Sie hat wie ein ganz normales Mädchen ausgesehen, nur war sie nervös und hatte immer Angst.“

„Mein Papa hat gesagt, dass sie sehr jung war“, sagte das kleine Mädchen.

„Ja, das stimmt.“

„Was hat sie gesagt, als sie sie erwischt haben und umbringen wollten?“

„Sie wollte leben, wie jeder, wie jedes Lebewesen, das diese schlechte Welt kennt“, antwortete Olena traurig.

Mitunter zogen sich diese Gespräche sehr lange hin. Ich kroch in meine Truhe und saß dort bewegungslos, ohne einen Mucks zu machen. Aus Furcht, jemand könnte mich hören, traute ich mich kaum zu atmen.

Einmal vergingen Stunden, ohne dass der Besucher auch nur die geringsten Anstalten machte zu gehen. Mit viel Begeisterung erzählte er von etwas, das sich vor dem Krieg ereignet hatte, während Olena zitternd dasaß. Schließlich war ich auch nur ein Mensch und konnte nicht ewig völlig still liegen. Daher setzte sich Olena auf die Truhe und schaukelte vor und zurück, während sie mit den Füßen auf die Truhe trommelte, um eventuelle Geräusche, die ich machte, zu überdecken. Aber mit jedem Mal wurden die Bretter schwächer, bis sie irgendwann nachgaben und die Truhe über mir zusammenkrachte.

Auch Olena fiel in die Truhe. In diesem Augenblick passierte etwas Schreckliches: Der Besucher eilte herbei, um Olena aus der Truhe zu helfen, und entdeckte mich. Er übergab mich zwar nicht der Polizei, erzählte es aber seiner Frau, die es ihrer Schwester erzählte. Und die wiederum erzählte es ihrer Tante. Die Gefahr wurde immer größer.

Trotz unserer ganzen Vorsichtsmaßnahmen wurde ich viele Male gesehen. Manche behielten es für sich, andere schwätzten und verbreiteten die Neuigkeit. Ich war sicher, dass eines Tages jemand so grausam war, mich auszuliefern. Daher verlegte ich mich darauf, in den dichtesten Teil des Waldes zu gehen. Ich wanderte von Ort zu Ort. Olena brachte mich nachts in den Wald und arbeitete tagsüber, um etwas zu essen für uns beide zu bekommen. Als meine Fußspuren immer deutlicher als Trampelpfad zu sehen waren, begann ich einen anderen Weg zu gehen.

Im Wald fanden wir uns, indem wir Zeichen folgten, auf die wir uns geeinigt hatten. Manchmal dauerte es lange, bis wir uns fanden. Ich verbrachte Tage und Nächte im Wald, immer voller Angst, entdeckt zu werden. Dabei beobachtete ich die Tiere des Waldes, wie sie von Ast zu Ast sprangen, und gewöhnte mich an sie, so wie sie sich an mich gewöhnten. Immer wieder sahen sie mich erstaunt an. Ich horchte aufmerksam auf die Geräusche, die aus der Ferne zu mir drangen. Im Wald arbeiteten Leute und fällten Bäume. Jeder Bauer trug glänzenden Stahl, dessen scharfe Klinge Schrecken und Tod verhieß. Die gefällten Kiefern fielen mit einem dröhnenden Krachen.

Still horchte ich auf die nächtlichen Geräusche. Meine Augen versuchten die Dunkelheit zu durchdringen, während über mir Millionen Sterne unbekümmert funkelten und mir verschwörerisch Zeichen zu geben schienen. Ich versuchte diese leuchtenden Welten zu zählen. Und stellte fest, dass manche von ihnen plötzlich verblassten, starben und von der dunklen Unendlichkeit verschluckt wurden

Leuchtete mein Stern noch? Der Wald murmelte und erzählte bizarre Schreckensgeschichten über wandelnde Geister. Eine Brise fuhr raschelnd durch die Blätter. Gelegentlich durchbrach das Gebell eines Hundes die Stille oder eilte ein Waldtier vorbei. In solchen Nächten wagte ich es, meinen Kopf aus dem Unterholz zu recken und auf die schlafende Welt zu schauen. An manchen Tagen regnete es endlos, bis meine Kleider völlig durchnässt waren, um anschließend auf meiner Haut wieder zu trocknen. Aber es gab keinen Ort, an dem keine Menschen waren, kein Winkel, den nicht das Auge eines Menschen sah. Ich begann mich im hohen, duftenden Gras zu verstecken. Es war inzwischen Frühling geworden und die Wiesen verwandelten sich in ein Meer aus Blüten, die der Sonne zulachten. Freude regierte die Welt, nur in meinem Herzen nistete die Sorge. Mein einsames Weinen trug über die frühlingshaften Felder. Kindergruppen kamen, um draußen zu spielen und in dem Blumenmeer zu baden. Bienen flogen von Blüte zu Blüte und ließen den süßen Duft von Honig zurück. Die Schäfer führten ihre Herde auf die Weide und spielten auf ihren Flöten wie in den guten alten Tagen. Die Menschen pflügten und säten und die Bäume blühten wie eh und je. Es war nun schon zwei Jahre her, dass mein Kampf ums Überleben begonnen hatte, und auch ich genoss die Pracht des Frühlings. Aber als glänzende Sensen das Gras schnitten, musste ich wieder einmal fliehen. Olena schichtete einen riesigen Heuhaufen mit einer Höhle im Inneren auf, in der ich Zuflucht fand.

Sie fand ein paar Blätter Papier und einen Bleistiftstummel für mich. Ich beschloss, ein Tagebuch zu schreiben, und bat Olena, es dem ersten Juden zu geben, dem sie nach dem Krieg begegnete.

XIV

Aus meinem Tagebuch

23. Juni 1943

Ich bin überzeugt, dass ich das Ende dieses Krieges nicht erleben werde. Aber ich hoffe von ganzem Herzen, dass mich die Worte, die ich hier mit vor Angst zitternder Hand schreibe, überleben werden. Vielleicht wird dieses Tagebuch eines Tages ein Beweis für mein Leid und die Qualen sein, die mein Los waren. Ich weiß nicht, wann der Tag des Sieges kommen wird, aber ich bin sicher, dass er einmal anbricht, dass bessere Zeiten als diese vor den Menschen liegen. Ich hoffe, dass meine Worte in jenen besseren Zeiten gehört werden, dass nach vielen Jahren, wenn ein besseres Leben die Erinnerung an diese grausame Epoche verblassen lässt, wenn ein Schulkind die Antwort auf die Frage „Hatte Hitler einen Schnurrbart oder einen Vollbart?“ nicht mehr weiß, dass euch genau dann meine Worte in diese Jahre zurückführen werden. Ich glaube, dass meine Erinnerungen euch lehren werden, eure Freunde zu lieben und eure Feinde zu hassen, dass sie euch lehren werden, Rache zu nehmen an den Feinden der Menschheit, der Freiheit, der Gerechtigkeit und der Rechtschaffenheit. Es ist für mich nicht einfach zu schreiben, vielleicht fehlt mir das Talent dazu. Ich weiß nicht, ob ich in der Lage sein werde, die Wirklichkeit mit meinem einfachen Wortschatz zu beschreiben. Ich weiß nicht, ob ich genug Farben habe, um ein dauerhaftes Bild dieser Wirklichkeit, vom Leben und Sterben, vom Kampf gegen das Böse und gegen die Grausamkeit, von der Bitterkeit, der endlosen Bitterkeit in meinem Herzen zu malen. Es fehlen mir die Worte. Aber ich muss schreiben, ich muss, denn ich möchte nach meinem Tod zu euch sprechen, zu den Menschen, die gerettet wurden. Ich möchte, dass mich diese Worte an euch binden. Ich möchte euch bitten, die Toten nicht zu vergessen. Ich möchte euch bitten, ja, euch auf jede nur erdenkliche Weise anflehen, Rache zu nehmen an den Verbrechern, deren böse Hände unser Leben von uns genommen haben. Ich möchte, dass ihr uns ein Mahnmal errichtet, eine Gedenkstätte, die in den Himmel reicht, als ein der ganzen Welt sichtbares Zeichen – nicht aus Stein oder Marmor, sondern aus Güte. Denn ich bin fest davon überzeugt, dass dieses Mahnmal euch und euren Kindern eine bessere Zukunft sichert. Nur durch ein solches Mahnmal kann verhindert werden, dass das gleiche Böse wiederkehrt und das Leben erneut in eine Hölle verwandelt.

26. Juni 1943

Olena kam an diesem Abend zu mir. Wir redeten bis fast zum Morgengrauen. Sie war sehr aufgebracht. Sie sagte, es gehe das Gerücht um, dass die Deutschen im Begriff seien, den Krieg zu gewinnen. Sie ist völlig verzweifelt und weiß nicht, was sie denken oder wie sie mir helfen soll. Sie glaubt, wenn die Deutschen wirklich den Sieg davontragen, dann habe ich keine andere Wahl, als zum Christentum überzutreten. Nein, nein, das kann ich nicht, das werde ich nie tun! Ich kann die Vorstellung nicht ertragen, dass die Deutschen den Krieg gewinnen, das wäre das Ende der Welt, der Menschheit – von allem! Ich könnte einfach nicht in einer solchen Welt leben, könnte es niemals. Ich fange an, über Selbstmord nachzudenken.

29. Juni 1943

Mir scheint, dass die Erntearbeiter in der Nähe allmählich Verdacht schöpfen und mich in diesem Heuhaufen vermuten. Ich habe diesen Abend Schritte um mich herum gehört. Vor Angst bin ich die ganze Nacht wach geblieben; ich war sicher, dass ich den Morgen nicht erleben würde. Ich bin fast am Ersticken, weil ich zu wenig Luft bekommen. Meine Kraft verlässt mich. Ich habe das Gefühl, ich bin innerlich zum Zerreißen angespannt.

30. Juni 1943

Diesen Abend habe ich ganz deutlich einen Flugzeugmotor gehört. Ich weiß nicht, warum, aber ich bin sicher, dass es ein Flugzeug von uns war. Das Röhren wurde immer lauter und machte mir Mut – mein Herz ging auf und ich sehnte mich danach, auch in die Lüfte zu steigen und an der Seite des Flugzeugs mitzukämpfen. Es war ein Gefühl, wie ich es noch nie zuvor erlebt hatte, ein wunderbares Gefühl. Ich beneidete den Piloten, der von oben auf diese gottlose, von einer Bande deutscher Mörder beherrschte Erde herabblicken konnte. Ich beneidete die Soldaten dort oben, die die Schädel dieser Verbrecher zerschmettern konnten, indem sie Bomben auf sie warfen. Ein stiller Schrei stieg aus meinem Herzen hoch: Seid verflucht, ihr deutschen Ungeheuer!

Das Motorengeräusch entfernte sich. Plötzlich hörte ich eine laute Explosion. Ein unbeschreibliches Glücksgefühl überwältigte mich und nur mit Mühe konnte ich ein lautes Lachen unterdrücken. Ich hatte Angst, die Stille um mich herum zu stören.

Sowjetische Flugzeuge werfen Bomben, jubelte ich innerlich. In diesem Augenblick war ich überglücklich. Meine Freude kannte keine Grenzen.

Sollen sie nur bombardieren, sollen sie nur die Köpfe der schrecklichen Ungeheuer zerschmettern, die Welt zerstören. Kriegslust packte mich; ich wäre am liebsten zum Explosionsort gelaufen, um die Bomben, die ihr Ziel verfehlt hatten, zu nehmen und sie ihnen an den Kopf zu werfen. Ich war bereit, die verbrannten Splitter aufzuheben und sie wie Hagel in ihre Augen zu schleudern. Mich dürstete nach Rache für das Blut, das sie vergossen hatten. Nicht Zahn um Zahn, sondern all ihre Zähne für einen von unseren.

5. Juli 1943

An diesem Abend gingen schon wieder Leute um meinen Heuhaufen herum. Ich musste noch vor dem Morgen fliehen und mich in den Büschen verstecken. Olena lief eine ganze Weile herum, bis sie mich gefunden hatte. Sie brachte mir wie immer Essen und ging dann wieder. Ich blieb allein und fühlte mich in meinem neuen Versteck seltsam. Lärm und das Gelächter der auf den Feldern arbeitenden Menschen drangen zu mir. Plötzlich drehte ich mich um und sah einen großen Mann vor den Büschen stehen. Er starrte mich an. Ich war so erschrocken, dass ich nicht wusste, wie ich reagieren sollte. Sollte ich ihn bitten, mich nicht zu verraten, oder einfach weglaufen? Ich bekam kein Wort heraus, und er stand nur da und sah mich an, ohne sich zu bewegen. Ich richtete mich auf und verbarg hilflos mein Gesicht in meinen Händen. Der Mann verschwand; ich war wieder allein und wusste nicht, was ich tun oder wo ich mich verstecken sollte. Jetzt bin ich von seinem guten Willen abhängig, dachte ich; jetzt weiß ich sicher, dass das Ende nah ist.

6. Juli 1943

Heute hat mir Olena eine deutsche Zeitung gebracht. Sie war schon sehr alt und nicht einmal mehr das Datum ließ sich noch entziffern. Ich konnte nur einen kurzen Artikel lesen:

„… Nichts Neues gibt es von der Ostfront zu berichten. Die Kämpfe dauern an. Der Feind hat schwere Verluste erlitten. Wir verzeichnen fünf Gefallene und acht Leichtverwundete. Einer unserer Panzer wurde zerstört …"

Auf der Rückseite konnte ich nur zwei Zeilen lesen, alles andere war verlaufen. „Wir haben die Stadt Orel planmäßig verlassen. Unsere Kräfte bereiten sich auf einen weiteren Angriff vor." Diese Nachrichten machten mich traurig, vor allem die Meldung, dass sich an der Ostfront nichts geändert hat. Ich sehne mich von ganzem Herzen nach Änderungen, Änderungen zum Guten. Ich verstehe, dass Kämpfen nicht leicht ist. Ich verstehe, dass es in der Schlacht um Leben und Tod geht, dass es um Sein oder Nichtsein geht, darum, zu überleben oder ausgelöscht zu werden, aber für mich war jeder Augenblick kostbar. Eines machte mich glücklich – dass sich die Deutschen aus Orel zurückgezogen hatten und vielleicht auch aus anderen Städten, obwohl sie die Nachrichten darüber unterdrücken. Aber jeder ist inzwischen überzeugt, dass die Deutschen besiegt werden. Wir haben nicht mehr 1942, als die Deutschen wie ein vielköpfiger Drache ganze Städte, Dörfer und Länder verschlangen. Aber wer wird das Privileg haben, ihre totale Niederlage noch zu erleben? Das ist die schicksalhafte Frage, die unsere letzte Kraft verzehrt. Unterdessen lassen sie es an der Zivilbevölkerung aus, weil das Glück sie auf dem Schlachtfeld verlässt. Zwischen mir und dem Leben liegt noch ein weiter Weg, das ist mir bewusst. Vor meinen Füßen klafft weiterhin ein großer Abgrund. Werde ich durchhalten, wird es mir möglich sein, den Abgrund zu überwinden?

7. Juli 1943

Diesen Nachmittag haben sie einen Juden im Wald erwischt. Es war Alter Wolf aus Pistin. Armer Mann, er hatte sich so gewünscht zu leben! Er hatte noch versucht zu entkommen und mit seinen Häschern gekämpft, wurde aber überwältigt und der Polizei übergeben. Am Abend wurde er von der deutschen Militärpolizei in Kossiw erschossen. Bei diesem Mord hatte sicher Ilka Filvartschuk seine Hand im Spiel.

10. Juli 1943

Gestern stattete Ilka Filvartschuk, einer der Mörder aus dem Dorf, Olena einen Besuch ab und erkundigte sich nach mir. Er schwor Olena, dass er nicht vorhabe, mich auszuliefern, sondern nur mit mir reden wolle. Olena versuchte ihn zu überzeugen, dass ich schon vor langer Zeit auf Nimmerwiedersehen verschwunden sei. Die Gefahr wächst. Ich muss mir schon wieder ein neues Versteck suchen.

11. Juli 1943

Heute Abend kam die Polizei in das Dorf. Olena wusste nicht, wo sie mich verstecken sollte. Zum Schluss brachte sie mich in eine Scheune. Sie war klein und die beiden Kühe darin schlugen aus und machten Lärm. Daraufhin kam ein kleines Mädchen mit einer Lampe, um nachzusehen, was los war. Als sie mich erblickte, erschrak sie und begann zu rufen: „Mama, Mama, eine Jüdin versteckt sich in unserer Scheune!“ Ich floh, mein Herz klopfte wie ein Hammerwerk. Die ganze Nacht lief ich im Wald herum. Ich hatte keine Ahnung, was im Dorf passierte. Olena suchte lange nach mir und rief unsere Losung. Erst in der Morgendämmerung fanden wir uns schließlich.

15. Juli 1943

Ich bin schon wieder an einem neuen Ort. Jetzt verstecke ich mich in einem dichten Gebüsch auf dem Feld. Es ist gar nicht schlecht hier und ich komme mir fast vor wie in einem Vogelnest. Die Nachtigall ist meine Freundin und Begleiterin, ihr Gesang gefällt mir. Wir haben uns aneinander gewöhnt und sie fliegt nicht mehr vor mir weg. Ich bin ihr dankbar für ihre nächtlichen Konzerte. Der Wind flüstert in den Blättern, doch selbst dieses Geräusch macht mir Angst. Die Nächte sind schön und mondhell und die ganze Welt außer mir schläft. Ich liege da und schaue in den unendlichen Himmel, sehe die Sterne und die fernen Täler. Plötzlich überkommt mich der Drang umherzuziehen, sehr weit wegzugehen, ins Unbekannte, ohne Innehalten bis zum Ende der Erde zu laufen. In einer Nacht wie dieser sehne ich mich nach Leben und bin sehr traurig über meine verlorene Jugend, die ohne Grund geopfert wird. Gestern war ein heißer Julitag und ich habe eine Schlange aus dem Busch gleiten sehen, in dem ich mich versteckte. Ich bin sehr erschrocken, habe mich aber schnell gefangen: Schließlich war es nur eine Schlange und nicht die Deutschen.

Eines Nachts, als ich sicher war, dass die Welt schlief, setzte ich mich auf und sah mich um. Plötzlich hörte ich ein Rascheln im Gras und wie aus dem Boden gewachsen erschienen drei Menschen mit Säcken auf den Schultern. Sie waren so nah, dass ich keine Zeit mehr hatte, mich zu verstecken. Einer blieb stehen und starrte mich an, aber der zweite schubste ihn, und so gingen die drei weiter. Am nächsten Morgen erzählte mir Olena, dass in der Nacht im Dorf eingebrochen worden war. Nach diesem Vorfall musste ich ein weiteres Mal weglaufen und ein neues Versteck suchen.

21. Juli 1943

Man erzählt sich, dass sowjetische Partisanen in den Wäldern seien. Sie legen dem Vernehmen nach Minen unter Brücken und Bahngleise und greifen deutsche Lastwagen aus dem Hinterhalt an, holen sich deren Waffen und töten die Deutschen. Das Gerücht hat sich in der ganzen Gegend verbreitet. Solche Nachrichten bewegen mich zutiefst. Ich wünsche mir von ganzem Herzen, mich ihnen anschließen und an ihrer Seite kämpfen zu können. Das Problem ist, dass ich nicht weiß, wo ich nach ihnen suchen soll. Heute haben die Deutschen Flugblätter aus Flugzeugen abgeworfen. Darin rufen sie die Zivilbevölkerung auf, in den Wäldern nach Partisanen Ausschau zu halten und sie den Deutschen zu übergeben. Ähnliche Plakate wurden in den Straßen aufgehängt. Die Deutschen gaben bekannt, dass jeder, der einen Partisan erwischt, eine Belohnung von fünftausend Mark bekommt. Wer ihren Anführer, einen Kovpak, fängt, bekommt sogar zehntausend Mark. Sie wissen nicht mehr weiter. Obwohl sie viele Soldaten zur Unterstützung angefordert haben, finden sie keine Spur der Partisanen. Ich weiß, dass die Partisanen nicht sehr lange an einem Ort bleiben. Sucht nach dem Wind in den Feldern, denke ich bei mir, und meine Freude kennt keine Grenzen.

Ich habe eine Bekanntmachung gelesen, die die Deutschen aus einem Flugzeug geworfen haben. Neben dem Appell an die Bevölkerung enthielt sie eine vollständige Beschreibung von Kovpak. Er ist etwa 60 Jahre alt, noch immer kräftig und voller Energie. Sein glattes graues Haar ist gerade zurückgekämmt. Seine Ohren sind groß und stehen ab. Er ist ungewöhnlich wendig und außergewöhnlich stark. In seinem Gesicht zeichnen sich winzige Äderchen ab, was auf gute Gesundheit hindeutet. Er ist mittelgroß und trägt Stiefel. Zu Fuß geht er nur selten, meistens reitet er.

Ich bin voller Respekt für diesen Mann. Mein größter Wunsch ist es, ihm im Wald zu begegnen, mit ihm zu sprechen und ein aufmunterndes Wort von ihm zu hören. Ich wünsche mir von ganzem Herzen, in eine Partisanengruppe aufgenommen zu werden, und bin verzweifelt, weil ich sie nicht finden kann.

25. Juli 1943

Czinkalo ist heute mit den Schafen auf die Weide gegangen. Olena auch, vorgeblich als Schäferin. In Wirklichkeit soll sie die Partisanen finden. Ich warte gespannt auf ihre Rückkehr.

29. Juli 1943

Ich bin wieder zurück in der kleinen Hütte. Die Tage sind unerträglich lang und unsicher, die Nächte dunkel und bedrohlich. Seit Olena weg ist, habe ich das Gefühl, meinen einzigen Schutz verloren zu haben. Obwohl ich keine Zeitung zum Lesen habe und mit niemandem rede, kommt es mir so vor, als hätten sich die Bedingungen an der Front verbessert. Ich spüre es in der Luft. Mein Glaube an den Sieg wird stärker, aber gleichzeitig schwindet meine Hoffnung auf mein eigenes Überleben. Es scheint mir fast unmöglich. Doch je schwächer meine Hoffnung wird, desto mehr will ich leben. Ich bete zum grausamen Schicksal, Mitleid mit mir zu haben, und sage mir immer wieder, dass ich leben muss! Bedrückende Gedanken schiebe ich beiseite. Ich versuche die dunklen Wolken über mir zu zerstreuen. Ich bedecke den Frost in meinem Herzen mit Blumen! Ich bin fest entschlossen zu leben, die Fanfare des Sieges zu hören!

29. Juli 1943

Ich bin allein mit meinen Gedanken. Niemand durchbricht die Stille, die mich verschlingt. Um mich herum herrscht unheilvolle Stille und drückende Einsamkeit. Meine Seele ist in dunkle Wolken gehüllt. Ich fühle die Spannung in mir steigen.

Was kommt als Nächstes? Stille, der Hauch des Todes. Ich möchte jemanden sehen, eine freundliche Stimme hören, die die grausame Ruhe durchbricht. Manchmal verlässt mich meine Kraft völlig. Ich fühle mich verzweifelt, leer, die Einsamkeit bedrückt mich und ich leide unter einem unendlichen Sehnen. Ich bin schrecklich müde, habe keine Kraft mehr. Ich kann niemanden mehr ertragen, ich kann nicht! Ich horche in die tiefe Stille und lausche dem Schlagen meines Herzens. O könnte ich doch nur weinen – aber ich habe nicht einmal mehr dazu die Kraft. Ich habe keine Tränen, keine Seufzer mehr. Wird mein Leid je zu Ende gehen?

1. August 1943

Schwere Wolken bedecken den Himmel. Ich denke, es wird jeden Augenblick ein Regenguss niedergehen. Ein paar schwere Tropfen sind schon gefallen. Der Wind ist stark, er biegt die Äste der Bäume und streicht die Welt glatt, galoppiert wild, ungezähmt. Ich wandere in der Dunkelheit umher, begleitet von Donner, und versuche im Licht der Blitze meinen Weg zu finden.

Ich flüchte in den Wald. Er hallt wider, die Bäume stöhnen, der Regen prasselt hernieder. Heute hat mich schon wieder jemand gesehen. Er öffnete die Tür selbst und kam herein. Er hat kein Wort gesagt, hat mich nur angesehen und gelächelt. Ich verstehe sein Lächeln ebenso wenig wie sein Schweigen. Ich habe Angst. Ich laufe vor ihm fort.

2. August 1943

Ich habe in letzter Zeit nicht gut geschlafen. Wenn ich für eine Weile wegdöse, quälen mich Albträume. Diesen Abend zum Beispiel habe ich von einer „Aktion“ in Kossow geträumt. Obersturmführer Huber erwischt mich. Er bringt mich zum Platz, wo ich meinem Onkel begegne. Zusammen mit uns sind noch viele weitere Juden da, die zusammengetrieben wurden. Ihre Gesichter sind bleich, aus ihnen spricht Verzweiflung. Ein alter Mann mit langem weißem Bart und schwarzem Mantel hebt seine Arme in den Himmel und spricht laut das Widduj. Die Menschen bleiben still, nur ihre Lippen bewegen sich, als sie sein Gebet wiederholen. Huber schießt und der weißbärtige Jude fällt tot um.

„Juden nieder“, rufen die Deutschen. Wir legen uns auf den Boden. Überall um uns herum sind Schüsse zu hören. Menschen fallen um wie Gras, das von einer Sense umgemäht wird. Trotzdem fühle ich, dass ich noch lebe. Plötzlich hört das Schießen auf und die Deutschen gehen zwischen den Körpern herum. Ein dürrer Deutscher kommt zu mir und als er sieht, dass ich noch am Leben bin, hebt er das Bein, um mit zu zertreten. Ich beginne zu schreien – und wache mit dem Schrei auf. Ich öffne meine Augen, doch der Schrecken verlässt mich nicht. Ich glaube mich nach wie vor im Feld des Todes. Es dauert eine Weile, bis ich ganz wach bin und merke, dass alles nur ein Albtraum war.

Solche Träume kommen jede Nacht. Deshalb versuche ich nicht einzuschlafen. Meine Tragödie hinterlässt in meinen wachen Stunden ebenso ihre Spuren wie in meinem Schlaf.

3. August 1943

Ungeduldig warte ich auf Olenas Rückkehr. Mein einziger Trost ist die Hoffnung, dass sie Neuigkeiten von den Partisanen bringt. Nur so kann ich gerettet werden. Ilka Filvartschuk sucht weiter unbarmherzig nach mir. Gestern entging ich ihm nur durch ein Wunder. Ich lief in einen kleinen Pass zwischen zwei Hügeln und versteckte mich hinter Felsen, während er in den Büschen nach mir suchte.

25. August 1943

Olena ist zurück. Als wir uns sahen, weinten wir aufgewühlt. Sie hatte befürchtet, dass mir in ihrer Abwesenheit etwas zugestoßen war. Ihre ersten Worte waren: „Ich bin froh, dass ich dich lebend und wohlauf vorfinde."

Sie erzählte mir von ihrer Begegnung mit den Partisanen und ihren Worten entnahm ich, dass sie Kovpak begegnet war. Es stimmt also, dass sich die Partisanen in den Wäldern der Karpaten verteilt haben. Sie haben sogar in Deljatyn und Zhab die Deutschen Mann gegen Mann mit Gewehren bekämpft. Olena hat aber nur eine Gruppe getroffen, die über die Polonina, eine Weide in den Bergen, gezogen war.

So wie ich es sehe, brauche ich nicht hoffen, mich ihnen anschließen zu können. Die Partisanen sind zu weit weg von hier. Olena versuchte sie zu überzeugen, herzukommen und mich mitzunehmen, aber sie konnten nicht.

XV

Einige Wochen vergingen. Die Partisanen hatten sich aus unserer Gegend zurückgezogen und ich wurde wieder einmal meinem Schicksal überlassen. Ich verließ den Wald nicht mehr, sondern wanderte darin umher. In einer mondhellen Nacht war ich wie üblich mit Olena unterwegs, versuchte die Menschen zu meiden und mich von der Gefahr fernzuhalten, die bei jedem Schritt auf mich wartete. Als um Mitternacht der Mond aufging und die Nacht taghell war, kehrten wir mit schweren Zweigen auf unseren Schultern nach Hause zurück. Plötzlich hörten wir einen Schuss durch den Wald hallen.

Wir erstarrten und horchten gespannt. Der Wald flüsterte wie immer, doch konnten wir auch noch das Plätschern des nahen Bachs hören, dessen Wasser silbern im Mondlicht glänzte. Wir marschierten weiter, Olena ging voraus. Die Äste lasteten schwer auf unseren Schultern, weshalb wir sehr langsam vorankamen.

„Lass uns eine Weile rasten", sagte ich verlegen.

„Du bist müde, nicht wahr?", fragte Olena. „Ich weiß, dass du solche Arbeit nicht gewöhnt bist. Ach, ich habe in diesem Leben so viel gearbeitet, dass meine alten Schultern taub sind. Ich fühle nichts mehr. Ich habe solche Lasten seit meiner Kindheit getragen, meine Liebe. Ich schleppe sie, seit ich ein Kind war – wie mein Vater, mein Großvater und mein Urgroßvater vor mir. Wenn du nur wüsstest, wie das notleidende Volk lebt, wie wenig es für seine Mühen bekommt …".

Olena sprach nur mit Mühe, ihr Atem ging schwer. Wir setzten uns auf einen verrottenden Baumstumpf und ich grübelte über das nach, was sie gesagt hatte.

Ich dachte mir: Wenn ich diesen Krieg überstehe, werde ich dafür sorgen, dass in das Leben dieser Frau etwas Glück kommt. Mit all meiner Kraft werde ich versuchen, ihr all das zu geben, was sie selbst nicht bekommen konnte. Ich werde versuchen, wieder gutzumachen, was sie durch ihr trostloses Schicksal erlitten hat, ich fühle, dass ich die Kraft dazu habe. Ich verspürte tief in meinem Inneren ein Bedürfnis, mich für sie zu opfern. Schon die bloße Vorstellung bestärkte und beruhigte mich. Ich sagte Olena, was ich dachte. Bei aller Güte ihres Herzens lachte sie laut auf und meinte nur: „Du verstehst nichts vom Leben. Du bist jung und naiv und weißt nicht, dass ehrgeizige Träume nur selten wahr werden. Es ist so schwierig, sich gegen das Geschick zu stemmen! Ich schmiede keine Pläne. Mein einziger Wunsch ist, dass Gott mir gestattet, dich sicher und wohlbehalten durchzubringen. Außerdem bete ich, dass du glücklich wirst und den rechten Weg wählst. Ich will keine Belohnung oder einen Dank von dir. Alles, worum ich dich bitte, ist: Wenn ich sterbe, lass mich nicht sterben wie einen Hund. Begrabe mich, damit ich nicht auf alle Ewigkeit an einem fremden Ort unter Fremden bleibe."

Ihre einfache Bitte berührte mich so sehr, dass ich meine Tränen nicht mehr zurückhalten konnte. Ich saß still da, bis in mein Innerstes aufgewühlt von ihren verzweifelten Worten. Da hörten wir einen weiteren Schuss und ein verängstigter Hase flog mit einem Riesensatz an unseren Beinen vorbei. Wir begannen zu zittern. Schritte kamen näher und Sekunden später stand ein bewaffneter Mann im Mondlicht vor uns. Es war Lesch Schenkarek, der Forstwart, auf Hasenjagd. Ich kannte seinen Namen und war jedes Mal erschrocken, wenn ich ihn gehört hatte. Er war ein herz- und seelenloser Mann, der den Tod vieler Unschuldiger auf dem Gewissen hatte. Er jagte Juden so, wie er Hasen im Wald jagte. Ich konnte mich gerade noch vor ihm hinter einem Busch verstecken.

„Du stiehlst Bäume, die dem Staat gehören", schrie er Olena an.

„Ach, das ist doch nur Abfall. Hab Mitleid mit mir. Ich bin eine arme Frau und habe kein Brennholz für mein Zimmer“, flehte ihn Olena an.

„Ich werde dich lehren, verfluchte Frau. Ich zeige dir, was es heißt, Eigentum des Staates zu stehlen“, bebte der Mann und begann sie ins Gesicht und auf den Körper zu schlagen. Er kam zu dem Busch, hinter dem ich mich versteckte, und sah mich. Einen Augenblick stand er da, als erinnerte er sich an etwas, dann plötzlich begann er zu lachen.

„Komm sofort da heraus“, sagte er, so zufrieden und dankbar, als hätte er endlich einen lange verlorenen Freund wiedergefunden.

„Wer bist du?“, fragte er, kam ganz nah an mich heran und musterte mich mit zugekniffenen Augen, um zu sehen, ob ich tatsächlich diejenige war, von der er gehört und die er so lange gesucht hatte.

Ich schwieg.

„Ah, jetzt weiß ich“, sagte er zu sich und ein böses Lächeln flog über sein Gesicht.

„Kennst du Olena?“

„Ja.“

„Und wer bist du?“

„Ich bin aus Utorop.“

„Wie heißt du?“

„Feleschtschuk, Maria.“

„Schön, schön. Du heißt Maria und wohnst bei Olena. Ich habe schon begriffen. Maria – ein schöner Name“, fuhr er sarkastisch fort und lachte laut auf.

„Und du bist auch in den Wald gegangen, um Bäume von staatlichem Eigentum zu stehlen“, sagte er und begann mich mit seinem Stock zu schlagen.

„Das wirst du jetzt ganz gewiss nicht mehr tun!“, rief er und fuchtelte mit dem Stock in der Luft herum.

„Es ist alles meine Schuld, ich habe sie zu dem Diebstahl überredet. Strafe mich, nicht sie“, flehte ihn Olena an.

„Ihr seid beide schuldig und könnt alle zwei zur Hölle fahren. Lasst euch bei mir bloß nicht mehr blicken!“

Er nahm uns die Zweige ab und verschwand in der Tiefe des Waldes. Wir hörten weitere Schüsse, dann war alles still. Geprügelt und niedergeschlagen gingen wir nach Hause, voller Angst und zitternd. Olena sagte kein Wort. Ich brach die Stille.

„Olena, er hat mich erkannt. Ich habe es in seinem Gesicht, seinen Augen gesehen.“

Wir konnten nicht mehr sprechen und erreichten stumm die Hütte. Es wurde bereits hell. Olena zündete ein Feuer im Ofen an und wir machten Frühstück. Der Duft von Maisbrot erfüllte das Zimmer. Da klopfte es an die Tür. Es war wieder Schenkarek. Er war in offizieller Funktion gekommen, um das Haus zu durchsuchen. Sorgfältig sah er in jede Ecke und meinte dann: „Ich übergebe euch der Polizei.“ Olena holte eine Flasche aus der Truhe und goss ihm ein Glas ein. „Trink auf deine Gesundheit.“ Er nahm es und leerte es bis auf den letzten Tropfen. Dann legte er sein Obrigkeitsverhalten ab und grinste scheinheilig. Er begann uns alle möglichen Geschichten zu erzählen, behielt mich dabei aber genau im Blick. Lächelnd beobachtete er mich. Währenddessen saß ich in einer Ecke auf dem Ofen und sagte kein Wort.

„Es ist schwer für dich, Olena, alleine zu leben", meinte er und blies Rauchringe aus seinem Mund.

„Ich habe mich an meine Armut gewöhnt", erwiderte Olena rasch, „und dieses Mädchen aus Utorop aufgenommen. So habe ich immerhin jemanden zum Reden."

„Nützt sie dir etwas? Hilft sie dir wenigstens im Haus?", fragte er.

„Ein bisschen schon, wir kommen miteinander aus."

„Gut, dann."

Er stand auf.

„Vielleicht möchtest du noch etwas Schnaps", schlug ihm Olena höflich vor.

„Nein, danke, mir ist schon etwas schwindelig."

„Ich kann mir nicht vorstellen, dass einem starken Mann wie dir ein bisschen Schnaps in den Kopf steigt", meinte Olena und goss ihm ein weiteres Glas ein.

„Hör zu, Schenkarek", sagte sie schließlich zu ihm. „Ich möchte dich um einen Gefallen bitten. Wenn du Anzeige gegen mich erstatten willst, kann ich nichts dagegen machen, aber hab Mitleid mit diesem kleinen Mädchen. Es ist wirklich nicht ihre Schuld. Ich habe sie überredet, mit mir zu stehlen."

„Mach dir keine Gedanken“, antwortete er. „Alles ist in Ordnung.“

„Ich danke dir vielmals von ganzem Herzen“, sagte sie und wandte sich mir zu. „Marika, komme vom Ofen herunter und danke dem guten Forstwart für seine Güte.“

Ich ging zu ihm und bedankte mich, wie mir geheißen. Er lachte zweideutig.

„Schon gut, seid beruhigt“, sagte er heuchlerisch und ging. Ich glaubte ihm nicht. Mein Gefühl sagte mir, dass er Böses im Schilde führte.

„Olena“, sagte ich, „er wird mich ausliefern. Ich kann keine Sekunde länger bleiben. Die Polizei wird jeden Augenblick hier auftauchen. Dann ist es um uns beide geschehen.“

Olena war der gleichen Meinung. Ich stahl mich aus dem Haus und versteckte mich im Gebüsch. Am Nachmittag brachte Olena mir etwas zu essen. Sie war besorgt und sehr traurig. Da sah sie Raben über uns fliegen – ein böses Omen. „Schwarze Raben bedeuten Tod“, sagte sie und begann zu weinen. „Meine Donia, wie sehr ich dich retten möchte. Ich würde alles für dich opfern – was ich habe und was ich nicht habe“, fuhr sie tief bewegt fort. „Du hast so viel gelitten und so viel durchgemacht. Und nun, da das Ende in Sicht ist, und wir an allen Fronten siegen, starrt dir der Tod ins Gesicht. Ich habe erst heute gehört, dass die sowjetische Armee rasch vorrückt. Die Leute sagen, wenn es so weitergeht, können wir hoffen, noch dieses Jahr befreit zu werden.“

„Olena, die Erlösung wird nach meinem Tod kommen!“ Ich brach in Tränen aus. Die Abendschatten wurden länger und es war kalt draußen, ein kühler Wind wehte von den Bergen. „Komm wieder zurück in die Hütte, ich gebe dir meinen kurzen Fellmantel und du kommst hierher zurück“, schlug Olena vor. Ich ging hinein und zog den Mantel an. Gerade hatte ich meine Hand an der Klinke und wollte gehen, da klopfte es plötzlich an der Tür. Polizei hatte das Haus umstellt.

„Jetzt ist alles verloren“, konnte ich noch sagen. Olena schob mich hinter die Tür, öffnete sie und bewahrte wie immer die Ruhe. Ein Polizist trat ein. Hinter ihm stellte sich sein großer, dicker Vorgesetzter, ein Gilevitsch aus Kuty, auf die Schwelle. Der Polizist hieß Hyhertschuk und war aus Sniatyn.

„Ist außer dir jemand im Haus“, fragte er Olena.

„Nein.“

„Du musst dich für das verantworten, was du sagst.“

„Ja.“

„Dann durchsuchen wir das Haus“, meinte der Polizist barsch.

Sein Vorgesetzter stand bewegungslos da, dann gab er dem Polizisten ein Zeichen, mit der Durchsuchung zu beginnen. Ich blieb hinter der Tür und wusste, dass nun alles vorbei war. Dennoch blieb mir ein winziger Funke Hoffnung. Selbst wenn der Tod nur einen Augenblick entfernt war, dachte ich bei mir, so war ich doch noch nicht tot. Durch eine Ritze in der Tür sah ich die dicke, fleischige Hand des Vorgesetzten, in der er ein Gewehr hielt. Ich stehe hinter der Tür des Schicksals, ging mir durch den Kopf.

Die gründliche Suche dauerte eine Stunde. Ich war schon fast sicher, dass sie mich nicht mehr finden würden, als die scharfen Augen des Polizisten mich im letzten Augenblick entdeckten. Mein Los war besiegelt. Die zwei begannen auf Olena einzuschlagen.

XVI

„Zieh dich an. Wir nehmen dich und die Jüdin mit“, befahl der Vorgesetzte Olena. Sie verließ die Diele und ging in das Zimmer, kam aber nicht zurück. Unterdessen nahmen sich die beiden mich vor. Ich stand ihnen von Angesicht zu Angesicht gegenüber und sah sie an – sah dem Tod ins Auge.

„Wer bist du?“, fragten sie.

„Ich heiße Feleschtschuk, Maria.“

„Du lügst!“, herrschte mich der Polizist an.

„Sie sieht wirklich nicht wie eine Jüdin aus“, meinte sein Vorgesetzter. „Ich hätte schwören können, sie sei Ukrainerin, wenn man mir nicht gesagt hätte, dass sie hier ist.“

„Die soll keine Jüdin sein? Wer kennt die Juden besser als ich? Ich habe schon mehrere von dieser Sorte erwischt“, brüstete sich der Polizist triumphierend.

„Du bist ein guter Mann“, meinte sein Vorgesetzter und klopfte ihm auf den Rücken. Bei diesem Lob schwoll dem Polizisten die Brust. Er zerrte mir mein Tuch vom Kopf und leuchtete mich an.

„Sehen Sie sich das wellige Haar an. So ein Haar haben nur Jüdinnen.“

Der Polizist platzte fast vor Stolz, weil er gegenüber seinem Vorgesetzten seine speziellen Talente und sein Können zur Schau stellen hatte können.

„Wie alt bist du?“, wandte er sich wieder an mich.

„Ich bin 13 Jahre alt.“

„Es ist ein Wunder, dass sich eine so junge Jüdin so lange vor uns verstecken konnte“, meinte der Vorgesetzte.

„Wenn ich nicht wäre, würde sie sich noch immer verstecken“, brüstete sich der Polizist. „Zum Glück kam mir plötzlich die Idee, hinter der Tür nachzusehen.“

Dann gingen die Fragen weiter.

„Woher kennst du Olena?“

„Ich habe sie bei der Arbeit kennengelernt.“

„Für wen hast du gearbeitet?“

„Für alle und jeden.“

„Hör zu, ich warne dich. Wenn du nicht die Wahrheit sagst, prügeln wir sie aus dir heraus. Also, ich wiederhole meine Frage: Für wen hast du gearbeitet?“

„Für alle und jeden“, wiederholte ich.

„Ich sehe, dass du kein Mitleid mit dir hast. Dann habe ich auch kein Mitleid mit dir“, spottete der Polizist und schlug mir ins Gesicht.

„Eine sture Jüdin“, sagte sein Vorgesetzter, „aber vielleicht auch nicht so stur.“ Er stand da und sah der Vorstellung zu.

„Sie ist stur, aber sie wird nicht mehr lange stur sein“, antwortete der Polizist. „Also, kurz und knapp: Bist du Jüdin?“

„Nein.“

„Mir scheint, mein Herr, dass wir ihr etwas kochenden Teer auf den Bauch gießen müssen“, meinte der Polizist ernst und beobachtete mich, um zu sehen, wie seine Drohung wirkte. Ich reagierte nicht.

„Redest du jetzt oder nicht?“

„Ich habe schon gesagt, was ich zu sagen hatte.“

„Na gut, wir stutzen dich auf der Wache schon zurecht. Du wirst dort singen wie ein Vogel.“

Ich antwortete nicht. Mir war alles einerlei, was sie sagten. Ich wusste, was mir blühte. Meine Hände waren gefesselt und man befahl mir zu gehen.

Plötzlich kam dem Polizisten etwas in den Sinn. „Wo ist Olena?“, fragte er. Sie gingen ins Zimmer. Es war leer, das Fenster offen. Olena war geflüchtet. Ich fühlte mich ein bisschen besser. Es bedeutete, dass nur ich mit meinem Leben bezahlen musste.

„Stellen Sie sich vor, die alte Hexe ist entkommen“, schimpfte der Polizist und wiederholte es grenzenlos enttäuscht.

„Keine Sorge, die kriegen wir schon noch“, erwiderte sein Vorgesetzter.

Sie führten mich in Ketten hinaus. Es war der 20. September 1943. Ich wusste, dass ich nun stark sein und meine Zähne zusammenbeißen musste. Ich durfte nicht reden, keinen einzigen Namen preisgeben, meine letzte Qual stumm erdulden und mich von der Welt verabschieden.

Draußen war es dunkel. Ich konnte nichts erkennen. Der Polizist ging einige Schritte vor mir, sein Vorgesetzter hinter mir.

Plötzlich kam mir ein Gedanke: Ich musste zu fliehen versuchen. Ich begann zu laufen. Mit gefesselten Händen war das nicht leicht und ich fiel auf einen spitzen Stein. Ich hörte einen Schuss. Die Kugel zischte an meinem Kopf vorbei. Der Polizist packte mich und begann auf mich einzuschlagen. Er band meine Hände noch fester zusammen, bis die Fesseln auf meine Knochen drückten. Ich ging weiter meinem Grab entgegen. Selbst der letzte Funken Hoffnung war nun verglüht.

„Nicht gut", höhnte der Vorgesetzte auf Jiddisch. „Hast du verstanden, was ich zu dir gesagt habe?", fragte er und lachte laut heraus.

Ich blieb still. Sie führten mich durch das Dorf. In den Häusern konnte ich Rufe und Gelächter hören. Es war Sonntag. Nun ging der Polizist zu meiner Rechten und sein Vorgesetzter zu meiner Linken, damit ich nicht noch einmal weglaufen konnte. Sie brachten mich zum *soltys*, dem Ortsvorsteher. Sogleich begannen sich Menschen um uns zu scharen, doch der Polizist jagte sie zornig fort. „Hier gibt's nichts zu sehen, wir haben nur eine Jüdin erwischt." Die Menschen zerstreuten sich langsam, nur der *soltys* blieb noch. Der Polizist prahlte vor ihm damit, wie er mich erwischt hatte. Sie durchsuchten mich. Dann befahlen sie mir, mich vor das Fenster zu setzen. Dort lag ein Gewehr auf dem Tisch, dessen Lauf zu mir zeigte. Gegenüber von mir saß der Polizist, spielte ständig mit ihm und tat so, als wollte er mich erschießen. Ich saß ruhig und völlig apathisch da. Die Befragung begann.

„Wusste Olena, dass du eine Jüdin bist?"

„Nein."

„Warum hast du dich dann hinter der Tür versteckt?"

„Weil Olena nicht wollte, dass mich Fremde sehen. Sie hatte Angst, man würde ihrem Bruder erzählen, dass jemand mit ihr in der Hütte lebt."

„Sie hat sich ihre Antworten gut ausgedacht", bemerkte der Vorgesetzte.

„Wer hat dir die Kleider gegeben?"

„Ich habe sie mir durch Arbeit verdient."

„Für wen hast du gearbeitet?"

„Für alle und jeden."

Ich bekam die Antwort kaum noch heraus. Ich konnte nicht mehr reden, war kurz davor, ohnmächtig zu werden. Der Polizist brachte mir Wasser. Meine Hände zitterten so sehr, dass ich den Becher nicht halten konnte.

„Wo verstecken sich die anderen Juden?"

„Ich weiß es nicht."

„Sag mir sofort, wo die anderen Juden versteckt sind", herrschte mich der Polizist an und richtete die Waffe auf mich.

„Ich weiß es nicht", antwortete ich.

„Schluss mit diesem Spiel! Wir gehen", sagte sein Vorgesetzter. Ich sah ihm an, dass er von meinem beherrschten Verhalten sehr überrascht war. Ich hatte nicht die Absicht, sie um Gnade anzuflehen, und nur Verachtung für sie übrig. Ich versuchte still und ruhig zu bleiben.

Um Mitternacht brachten sie mich nach Pistin, eine kleine Stadt, oder besser ein Dorf, mit einer großen Bevölkerung. Hier gab es eine Polizeiwache.

Die Nacht war ruhig. Die Schönheit der Natur und die friedvolle Nacht wirkten sich auf die Stimmung des Vorgesetzten aus. Er wurde sentimental und begann zu singen.

Es ist unser letzter Sonntag,
Heute gehen wir auseinander,
Heute sagen wir auf Wiedersehen,
Für immer und ewig.

Als er mit dem Lied fertig war, stimmte er ein weiteres auf Jiddisch an. Darin ging es um ein Mädchen, das zur Chuppa geführt wird. Dabei ließ er mich, sehr zufrieden mit sich, die ganze Zeit nicht aus den Augen. Sein Zynismus war wie ein Schwertstoß für mich, aber ich biss die Zähne zusammen und blieb still. Das gefiel ihm gar nicht, denn er wollte, dass ich seine romantische Stimmung teilte.

„Schau, kleine Jüdin, sieh dir den Himmel an, den hellen Mond, die funkelnden Sterne. Schau auf das Meer aus Sternen im Tau, sie sind wie Silberspäne. Die ganze Welt besteht aus Geheimnissen und Unerklärlichem. Es lohnt sich zu leben, nicht wahr?“

In diesem Augenblick hätte ich am liebsten geschrien: „Halte deinen Mund, du Tier, halte den Mund, du Ungeheuer!“ Aber ich antwortete ihm ruhig:

„Ja, das ist wahr, die Welt ist schön. Aber Menschen wie du haben sie beschmutzt, wegen euch sind ihre Schönheit und ihr Reiz dahin.“

„Hahaha“, begannen die beiden loszulachen.

Ich hatte das Gefühl, dass der Vorgesetzte mir die bösen Worte, die aus mir herausgebrochen waren, vergelten wollte.

„Ich möchte wirklich wissen, was du gerade denkst“, sagte er zu mir.

„Du wirst nie verstehen, was ich fühle“, antwortete ich.

„Hahaha“, brüllten sie wieder los.

„Ja, es ist wirklich ein Jammer, du bist noch so jung und das Leben beginnt für dich erst“, sagte er mit einer Stimme, die überhaupt nicht zu seinem bösartigen Gesichtsausdruck passte.

Plötzlich wandte er sich an seinen Untergebenen.

„Sie ist hübsch, nicht wahr, Hyhertschuk?“

„Ja, wirklich. Ich würde ein solches Mädchen heiraten, aber natürlich nur, wenn sie eine Ukrainerin wäre“, erwiderte der Polizist.

„Hast du das Kompliment, das du gerade bekommen hast, gehört?“

Ich konnte ihnen nicht mehr zuhören. Tränen traten mir in die Augen. Ich kämpfte mit mir, wollte nicht, dass sie mich weinen sahen. Ich unterdrückte meine Tränen und sagte nichts. Die Ketten um meine Handgelenke schnitten mir in die Haut. Mir war schwindelig. In Pistin steckten sie mich in eine Gefängniszelle. Vier nackte Wände, ein kalter Fußboden und Eisengitter. Tödliche Stille, eine schwarze Nacht und tiefes Entsetzen.

Solange ich mit dem Polizisten redete, hatte ich mich beherrschen können. Ich hatte mich zurückgehalten, weil ich mich nicht vor ihnen erniedrigen wollte. Jetzt war ich allein, fiel schwach zu Boden und begann zu weinen. Plötzlich stand ich wieder auf. In der Dunkelheit fühlte ich kaltes Metall – die Eisenstäbe. Ich begann mit aller Kraft an ihnen zu rütteln, außer mir und wie von Sinnen. Aber sie bewegten sich nicht und trennten mich mit kalter Härte vom Leben. Meine Beine wurden schwach. Ich fiel wieder auf den Steinboden. Ein wilder Schrei entfuhr mir. Dann beruhigte ich mich und wartete ruhig und bei vollem Bewusstsein auf den Tod.

XVII

Der Tag brach an. Die ersten Sonnenstrahlen fanden ihren Weg in die düstere Zelle. Alles erwachte zum Leben. Meine bedrückte Stimmung nach dem Albtraum von letzter Nacht verflüchtigte sich etwas. Aber der Albtraum war Wirklichkeit. Ich wischte meine Tränen weg. Genug – keiner sollte sie sehen.

Auf der Straße ratterten Fuhrwerke vorbei. Frauen gingen still vorüber, manche mit Kannen, die sie zur Molkerei brachten, andere mit Gemüse, das sie verkaufen wollten. Kinder gingen zur Schule. Wenn sie mich sahen, blieben sie stehen, als versperrte etwas ihren Weg. Sie alle versammelten sich vor dem Gefängnis: Fuhrwerkfahrer mit ihren Peitschen, Frauen mit ihren Milchkannen und ihrem Gemüse, große und kleine Kinder mit ihren Schultaschen. Und sie alle starrten mich an. Da gibt es auch wirklich etwas zu sehen, dachte ich bei mir: eine Jüdin, die schon über zwei Jahre Krieg überlebt hat. Wirklich ein Wunder.

Die Menge wuchs. Manche lachten, andere verhöhnten mich. Einige hatten sogar Mitleid mit mir und vergossen ein paar Tränen. Es waren die unterschiedlichsten Menschen dabei. Eine alte Frau kam ganz nah heran und wollte mir etwas Milch zu trinken geben. Ein Mädchen brachte mir einen Korb mit Äpfeln. Ich dankte ihnen von

Herzen, aber nahm nichts – ich konnte nicht, wollte nichts essen. Sogar Vassilotschuk, Dorfvorsteher von Pistin, der mich kannte, seit ich ein kleines Mädchen war, und uns unser Feld stahl, als die Deutschen kamen, stattete mir einen kurzen Besuch ab. Er kam mit seinem Dienstmädchen, das mir Pflaumen brachte. Auch dieses Geschenk, diese Gabe der Eitlen für meinen letzten Gang, lehnte ich ab. Vassilotschuk war herausgeputzt und stolzierte herum, als habe er tatsächlich das Kommando. Sogar mein Lehrer, der Dorfschreiber, war gekommen.

„Donia, ich teile deinen Gram“, sagte er zu mir. „Ich werde heute Nacht versuchen, etwas für dich zu tun.“

„Danke für deinen guten Willen“, erwiderte ich ihm, „aber es ist mir egal, ob ich noch länger lebe.“

„Warum verbirgst du deine Gefühle vor mir, Donia? Jeder möchte leben, auch du.“

„Nein, ich will nicht“, wiederholte ich und neigte den Kopf, damit er meine Tränen nicht sah.

Warum war ich nicht ehrlich zu meinem Lehrer, warum machte ich ihm etwas vor? Wieso sagte ich ihm nicht die Wahrheit: dass ich wirklich, von ganzem Herzen, leben wollte? Weil ich das Gefühl hatte, dass der Lehrer, Bednartschuk hieß er, nicht deshalb Mitleid mit mir hatte, weil ich eine unschuldige Jüdin war. Sein Mitgefühl galt einer ehemaligen Schülerin von ihm, die Teil seiner Erinnerung war, und diese Art von Hilfe wollte ich nicht annehmen. Vor meinem geistigen Auge sah ich die Schule, das Haus voller Schüler und Lehrer. Sie stand noch immer am selben Ort, Kinder gingen weiter in ihr zur Schule und auch die Lehrer waren noch dieselben. Nur ich würde nie wieder dort sein!

Ich wollte mich verstecken, wo mich niemand sehen konnte. Ich sollte nicht Ziel von Verachtung und Spott oder auch Mitleid sein. Ich wollte die Ansichten dieser Menschen nicht hören. Die Gesprächsfetzen, die ich aufschnappte, verursachten Übelkeit in mir.

Der Tag verging und die Menge zerstreute sich allmählich. Am nächsten Tag kamen nur wenige und schließlich blieb ich ganz allein. Als es Nachmittag wurde, kam ein Fuhrwerk zum Gefängnis. Der Fahrer ging zum Fenster und rief meinen Namen: „Donia, Donia!" Ich stutzte, weil sich noch jemand an meinen Namen erinnerte. Draußen stand ein junger Mann, dessen Gesicht mir nicht vertraut war. Er sah sich argwöhnisch um und flüsterte:

„Erkennst du mich?"

„Nein", antwortete ich.

„Wie kann es sein, dass du mich nicht erkennst?"

„Ich habe dich noch nie gesehen."

„Ich kannte dich schon, als du ein Baby warst. Ich habe für deinen Großvater Raphael Figer gearbeitet und oft mit dir gespielt. Du bist oft auf meinem Schoß gesessen. Als ich hörte, dass sie dich erwischt haben, tat mir das so leid, als seist du meine eigene Tochter. Ich will dir helfen – nicht nur mit Worten, sondern mit Taten. Wenn du heute Nacht noch hier bist, hole ich dich raus."

„Wie willst du mich bei den vielen Wachen, die sie hier haben, aus dem Gefängnis holen?"

„Ich kann jetzt nicht darüber reden, aber heute Nacht wirst du frei sein."

„Ich bin dir sehr dankbar, aber pass auf dich auf."

Ich war sicher, er würde mir nicht helfen können, war aber schon allein darüber froh, dass es noch solche Leute hier gab. Nach einer Weile kam ein Polizist, um mich zum Verhör zu bringen. Ich beantwortete alle Fragen mit einem trotzigen „Ich weiß nicht" und schon begann die Folter. Vor mir lagen auf dem Tisch alle Werkzeuge, um mich zu schlagen. Der Polizist übergoss mich mit Wasser und schlug meinen nassen Körper, um die Qual noch zu erhöhen. Obwohl der Schmerz fast unerträglich war, blieb ich hartnäckig stumm. Sie waren außer sich, schrien, drohten mir und schlugen mich. Am Abend wurde ich unter Bewachung des Polizisten Hyhertschuk nach Kossiw gebracht. Die Menschen, die mich dort sahen, neigten ihren Kopf vor mir, als käme ein Trauerzug vorbei. Die Straße, die ich so gut kannte, die ich so oft gegangen war, war nun die Straße zu meinem Tod. Unterwegs erzählte mir Hyhertschuk voller Begeisterung von seiner Beteiligung an einer „Aktion" und brüstete sich sogar mit seiner Tapferkeit.

„Ich war in Zablotow. Die Aktion war fast vorbei. Keiner war mehr am Leben und überall schwelten noch Brände. Plötzlich fanden ein Freund und ich acht Mädchen, zwei alte Frauen und vier Männer in einem Bunker. Die Mädchen waren schön – eine schöner als die andere, absolut bezaubernd. Mein Freund sagte zu mir: Ich habe die Nase voll von dem endlosen Gemetzel, ich kann keinen einzigen Schuss mehr abfeuern. Also übernahm ich die Arbeit. Ich habe sie alle erwischt. Es dauerte keine zehn Minuten und schon lagen sie alle ausgestreckt auf dem Boden. Eines der Mädchen hat mir wirklich gefallen. Sie fiel auf die Knie und küsste meine Füße. Ich habe sie zunächst in Ruhe gelassen, aber dann musste ich auch sie erschießen."

Ich konnte ihm nicht mehr zuhören, aber er hörte einfach nicht auf.

„Auf dieser Straße, auf der wir gerade sind, habe ich vor eineinhalb Jahren einen großen Judentransport begleitet. Siehst du diese Büsche – sie waren voller Leichen. Ich habe jeden erschossen, der auch nur einen Schritt aus der Reihe tanzte. Als wir am Ghetto von Kolomea ankamen, war fast keiner mehr am Leben."

Ich sah dieses Ungeheuer an und dachte, dass es keine Strafe gebe, die hart genug für die Sünden war, die er begangen hatte. Wir gingen weiter. Jeder Schritt brachte mich meinem Tod ein Stück näher. Unterwegs begegneten uns mehrere Gruppen. Zu einer gehörte Lessh Schenkarek. Er blieb neben uns stehen und grinste stolz, als wollte er sagen: „Ich habe sie geschnappt, ich bin der Einzige, der sie finden und ausliefern konnte."

Er zwinkerte dem Polizisten zu und begann zu scherzen: „Pass gut auf sie auf, damit sie dir nicht entwischt."

Ich konnte nicht länger schweigen. Wären meine Worte Dolche gewesen, wäre er auf der Stelle tot umgefallen. Worte, Worte … warum sind sie nicht Stahl? Sie sprudelten aus mir heraus. Ich war überrascht, dass ich überhaupt so zu sprechen imstande war.

„Verflucht sollst du sein, du Ungeheuer! Und verflucht sei jeder Fleck Erde, auf den du deinen Fuß setzt. Deine glorreichen Tage sind bald vorbei. Eines Tages wird sich das Blut der Unschuldigen über deinen Kopf ergießen! Du wirst darin ertrinken. Der Tag der Rache wird kommen und er ist nicht mehr weit. Dann ist deine bösartige Herrschaft zu Ende. Du wirst es bereuen, noch zu leben. Du wirst es noch erleben, dass all das Leid und die Quälerei, die du anderen zugefügt hast, auf dich zurückfällt. Aber das ist nicht alles, das ist lange nicht genug. Es gibt keine Strafe, die schwer genug für dich ist."

Er lachte laut auf. Aber ich fuhr fort:

„Du lachst, du Schlächter? Du denkst, das was ich sage, ist lächerlich? Es dauert nicht mehr lange, dann zitterst und schlotterst du vor Angst, du Mörder! Die Angst wird dir Tag und Nacht im Nacken sitzen. In deiner Fantasie werden alle deine Opfer wieder auferstehen und sie werden dich nicht in Ruhe lassen, sie werden mit dir in dein Grab gehen. Du wirst auch an mich noch denken und an das, was ich dir gesagt habe. Ich weiß, dass ich das nicht überlebe, aber ich bin auch ganz sicher, dass du vor Angst immer und immer wieder umkommen wirst, bevor dich der Tod ereilt!"

Ich konnte nicht mehr. Ich erstickte fast, zitterte, als hätte mich ein hohes Fieber erfasst, so sehr hatte mich die Rachelust gepackt. Die Menschen, die sich um uns versammelt hatten, begannen zu flüstern. Wir gingen weiter, doch das Lachen dieser Kreatur hallte noch in meinen Ohren. Schließlich brachte man mich zur deutschen Militärpolizeistation in Kossiw. Hyertschuk stand stramm, schlug die Hacken zusammen und salutierte: „Heil Hitler!"

„Heil Hitler!", antwortete Vitebsk. Er nahm seine Brille ab und musterte mich mit winzigen, zusammengekniffenen Augen.

„Der Transport nach Deutschland ging gestern weg", sagte er auf Deutsch.

„Eine Jüdin", sagte der Polizist auf Deutsch. Das waren die einzigen deutschen Worte, die er kannte.

„Was, das ist eine Jüdin?", fragte Vitebsk und sprang von seinem Stuhl auf.

Statt „Ja" zu sagen, nickte der Polizist nur und übergab dem Deutschen einige Papiere, die dieser unterzeichnete. Dann verschaffte sich Hyhertschuk wieder Aufmerksamkeit, schlug die Hacken zusammen, salutierte erneut, rief „Heil Hitler!" und ging hinaus.

„Verdammter Ukrainer, er hat nicht einmal Zeit gehabt, Deutsch zu lernen“, schimpfte der Deutsche vor sich hin. Die Tür öffnete sich und Kern kam herein. Er war staubig von der Straße und wischte sich mit einem Taschentuch den Schweiß von der Stirn.

„Heil Hitler!“

„Heil Hitler!“

Er setzte sich. Der Stuhl ächzte unter seinem Gewicht.

„Weißt du, Vitebsk, ich habe einen schlechten Tag gehabt“, begann er. „Mit diesen Bauern kommt man einfach nicht weiter. Die Lage ist unerträglich. Ich erschieße das Pack wie Hunde – bis zum Letzten!“

„Du hast nichts erreicht?“

„Nein.“

„Wer ist das Mädchen?“ Er zeigte auf mich.

„Eine Jüdin.“

„Jesus und Maria. Das ist unmöglich!“

Er stand langsam auf, kam zu mir herüber und stand still da, als erinnerte er sich an etwas.

„Das Mädchen kommt mir bekannt vor, aber ich erinnere mich nicht, wer sie ist.“

„Ich habe sie auch schon irgendwo gesehen“, meinte Vitebsk.

„Hast du nicht schon für uns gearbeitet?“, fragte er mich.

„Doch.“

„Du siehst, mein Gedächtnis ist nicht schlecht.“

Kern ging zum Tisch, nahm den Telefonhörer und wählte.

„Hallo, hallo, Kern hier. Ich möchte mit dem Oberwachtmeister sprechen.“ Er wartete eine Weile und fuhr dann fort: „Wir haben eine Jüdin hier, eine Gefangene. Was machen wir mit ihr?“

Er wurde still und hörte zu. Schließlich sagte er: „Ja, Herr Oberwachtmeister. Der Befehl wird ausgeführt.“

Vitebsk nahm die Pistole aus seinem Halfter und machte mir ein Zeichen aufzustehen.

„Einen Augenblick“, befahl ihm der andere. „Ich möchte sie etwas fragen.“

Kern wandte sich zu mir und wischte sich erneut den Schweiß von der Stirn.

„Du elendes Mädchen, wo warst du die ganze Zeit?“

„Ich habe gearbeitet.“

„Wo?“

„Überall.“

„Warst du im Wald?“

„Nein.“

Als hätte er meine Antwort gar nicht gehört, fragte er: „Bist du in dieser Zeit den Partisanen begegnet?

„Nein.“

„Wir lassen dich für heute allein, ich bin zu müde. Morgen sehen wir uns wieder.“

Vitebsk zeigte zur Tür.

„Bringt sie raus.“

XVIII

Hyhertschuk führte mich durch die Stadt. Aus jedem Fenster folgten mir erstaunte Augen. Jeder, der vorbeiging, starrte mich an. Einem entfuhr: „Zu schade, zu schade, so ein junges Mädchen.“ Der deutsche Gefängniswärter lachte und meinte nur: „Aber sie ist doch bloß eine Jüdin.“

Ich kam in dasselbe Gefängnis, in dem zwei Jahre zuvor Tausende Juden ihr Leben hatten lassen müssen. Dasselbe Gefängnis, in dem meine Liebsten gestorben waren. Die schweren Eisentüren quietschten. Ich war im Korridor, dessen Wände aus langen Reihen von Zelltüren bestanden. Von überallher hörte man Weinen, Rufen und Jammern. Der Gefängniswärter öffnete eine Zelle, in der sich zwei Frauen befanden. Eine von ihnen, eine alte Frau, war eingesperrt worden, weil sie die Weizenquote nicht erfüllt hatte, die die Deutschen für sie festgelegt hatten. Die andere hatte ihren Mann umgebracht.

„Ich bringe euch eine Jüdin, damit euch nicht mehr so langweilig ist", sagte der Gefängniswärter. Er war klein, fett und rasselte ständig mit den Schlüsseln.

„Eine Jüdin, eine Jüdin", wiederholten die beiden Frauen.

„Ja, eine echte Jüdin, hahaha."

Plötzlich ging die jüngere Frau zu ihm, nahm seine Hand und begann ihn anzuflehen. Er stieß sie grob weg. Wieder nahm sie seine Hand, küsste sie und begann aufs Neue zu flehen:

„Mein Herr, haben Sie Mitleid mit mir. Ich möchte leben! Ich möchte nicht in einer Zelle mit einer Jüdin sitzen. Sie bringt uns in der Nacht um. Sie wird vor Angst verrückt werden und uns erwürgen. Oder sie holen sie, um sie hinzurichten, und dann bringen sie uns auch um. Haben Sie Mitleid mit uns, mein Herr. Bitte erhören Sie uns!"

Der Deutsche stieß sie erneut weg.

„Geh weg von mir, verdammtes Weib", rief er. „Das Mädchen ist nur kurz hier. In der Nacht stecken wir sie in eine andere Zelle", versicherte ihnen der Wärter.

Ich blieb bei ihnen. Die beiden Frauen hielten sich weit weg von mir. Sie saßen am anderen Ende der Zelle und sahen mich ständig an, fürchteten mich wie eine Aussätzige. Die Alte betete in ihrer Ecke und die Jüngere murmelte vor sich hin: „O mein armer verstorbener Mann war so gut, ich habe ihn von ganzem Herzen geliebt. Wie kann ich ohne ihn weiterleben? Sie behaupten, ich hätte ihn umgebracht! Lieber würde ich mich selbst umbringen. Möge der Himmel mich strafen, wenn ich so etwas getan habe."

Sie faltete die Hände und trauerte.

„O, ich Arme, was wird mit mir geschehen?“

Nach einer Weile kam der Wärter zurück und brachte mich in eine andere Zelle, in der ich allein war. Bevor er die Tür schloss, sagte er zu mir: „Ich habe gehört, dass sie dich heute Nacht um neun Uhr zur Hinrichtung bringen wollen. Aber hab keine Angst. Der Tod durch eine Kugel ist schnell. Du wirst nicht einmal den Schuss hören.“

Als ich das hörte, wurde mir schwindelig und alles begann sich zu drehen. Ich fiel ohnmächtig zu Boden. Der Wärter goss einen Eimer Wasser über mich und ich kam wieder zu mir.

„Um neun, um neun“, wiederholte ich immer wieder. Was konnte ich tun: an die Gitterstäbe schlagen, zum Himmel schreien? An wen konnte ich mich wenden, wen anflehen? Niemand würde Mitleid mit mir haben.

Der Schlüssel drehte sich quietschend im Schloss. War es schon neun Uhr? Ich erschauerte. Jetzt holen sie mich, dachte ich mir. Die Tür ging auf und ein Deutscher stand da. Es war Hutsch, der Mann, der uns vor zwei Jahren bewacht hatte, als wir in Kossiw gearbeitet hatten.

„Komm her, ich möchte sehen, wie eine Jüdin aussieht“, herrschte er mich an. Er war betrunken und taumelte beim Gehen.

„Sehr schön. Du siehst wirklich wie ein Mädchen der Huzulen aus. Fürchtest du dich vor dem Tod? Hab keine Angst, wir müssen alle einmal sterben. Aber du kannst noch ein bisschen länger leben, wenn du die ganze Wahrheit erzählst.“

„Ich bin Jüdin. Das ist die ganze Wahrheit.“

„Du hast das sehr schön gesagt. Wirst du angesichts des Todes auch so sprechen?“ Er lachte betrunken.

„Schade, du bist ein hübsches Mädchen. Ich rate dir, uns die ganze Wahrheit über die Partisanen zu erzählen.“

„Ich weiß nichts.“

Hutsch schlug die Tür mit einem Knall zu. Seine Schritte entfernten sich. Ich begriff, dass kein leichter Tod auf mich wartete. Wer wusste, was sie noch mit mir vorhatten?

Es war eine wilde Nacht. Sintflutartiger Regen fiel, und ständig erhellten Blitze die düstere Zelle. Donner grollte von hoch droben, der Wind heulte und es schien, als würde die Erde in ihren Grundfesten erschüttert.

Ich ging zum Fenster. Der Regen drang durch die Gitterstäbe herein, streichelte mein Gesicht und kühlte meine Wangen. Lange stand ich so da. Mit jedem Gedanken, jedem Atemzug wollte ich aus der Zelle ausbrechen und eins werden mit dem wütenden Sturm – mit ihm fortjagen.

Es war stockdunkel, als hätte der Tod selbst die Erde zugedeckt. Dank der Blitze aber konnte ich die hohe Mauer erkennen, die die Gefangenen von der Welt draußen trennte – und mich vom Leben. Allmählich ließ der Sturm nach, die Blitze wurden weniger und der Donner zog sich immer weiter in die Ferne zurück. Die Welt verschwand vor meinen Augen, undurchdringliche Dunkelheit lag über der Welt. Angst ergriff mich, schreckliche, verzweifelte, nagende Furcht. Vor meinem inneren Auge sah ich mich ich den schmalen Weg zum Pistin-Berg emporsteigen. Ich stand neben dem Grab, das für mich geschaufelt worden war – wie schon bei der ersten „Aktion“. Nur dass ich dieses Mal alleine dastand. Ein Deutscher richtete sein Gewehr auf mich.

„Dreh dich um“, schrie er mich an. Ich stand auf. Ein Schuss fiel. Ich glaubte tatsächlich einen Schuss zu hören und war sicher, nicht mehr unter den Lebenden zu sein. Meine Angst verflog, der Schmerz verging. Es dauerte nur ein paar Sekunden. Wenn die Kugel nur direkt durch mein Herz dringen würde, damit ich nichts mehr fühlte und ohne es zu wissen starb!

Als ich wieder zu mir kam, war der Albtraum verflogen. Gleichzeitig aber kehrte der Schmerz zurück. Die Dämmerung zog herauf. Überall an den Wänden und auf der Tür erkannte ich die Namen von Menschen wie mir, die in dieser Zelle auf den Tod gewartet hatten. Plötzlich entdeckte ich den Namen meines Onkels und den meiner Großmutter auf einer der Wände.

Ja, Großmutter, ich komme mit dir. Ich lasse mein Leben in derselben Zelle wie du, ich ritze meinen Namen in dieselbe Wand, in die du den deinen geritzt hast.

Ich kroch zur Wand und begann die Buchstaben zu küssen, die meine alte Großmutter in sie gekratzt hatte. Ich wollte sie umarmen, von ihnen aufgesogen werden …

Die Tür ging auf. Hutsch stand wieder da. Er brachte mich zur deutschen Feldpolizeiwache. Am Morgen musste ich im Gemüsegarten arbeiten. Passanten blieben vor dem Tor stehen und starrten mich an. Am Nachmittag wurde ich zum Verhör in das Büro gebracht. Rauch saß dort am glänzenden, polierten Schreibtisch und trank Kaffee. Er deutete auf einen Stuhl und gab mir ein Zeichen, mich zu setzen. Genussvoll trank er seinen Kaffee, während sein Unterkiefer nervös zuckte. Er war blass und dünn, hatte eingefallene Wangen, sprach schnell und mit österreichischem Akzent, sodass ich

Mühe hatte, ihn zu verstehen. Nachdem er die leere Tasse auf den Tisch gestellt hatte, fragte er mich:

„Wo warst du die ganze Zeit?"

„Arbeiten."

„Das ist eine Lüge!", brüllte er. Seine Augen traten aus den Höhlen, das Gesicht wurde blutrot und er schlug mit der geballten Faust auf den Tisch. Die Tasse fiel auf den Boden und zerschellte. Sein Unterkiefer mahlte nun noch wütender.

„Wo sind die russischen Partisanen?", schrie er mit einer Stimme, die kaum noch etwas Menschliches hatte.

„Ich weiß es nicht."

„Wenn du mir nicht sofort die Wahrheit sagst, erschieße ich dich auf der Stelle." Er griff sich einen Gummiriemen und schwang ihn.

„Ich weiß es nicht", wiederholte ich.

Der Riemen pfiff durch die Luft und landete auf meiner Hand. Ich schrie vor Schmerz und hielt meine Hand. Schon erschien ein blauer Striemen. Rauch stand auf und begann durch das Zimmer zu gehen. Unvermittelt kam er zu mir herüber.

„Verdammt! Sag mir, wo die Partisanen sind!"

„Ich weiß es nicht."

Sein Gesicht war vor Zorn verzerrt.

„Leg dich auf den Boden", schrie er. Ich rührte mich nicht.

„Leg dich auf den Boden!“, wiederholte er und gab mir einen Stoß, sodass ich hinfiel.

Er nahm den Riemen, biss die Zähne zusammen und begann auf mich einzuschlagen. Ich schrie vor Schmerzen. Er atmete schwer, blind vor Zorn und schlug immer weiter. Schließlich ließ er den Riemen fallen und lief hinaus.

Ich lag bewegungslos da, gelähmt vor Schmerz. Nach einer Weile kam Rauch mit Vitebsk zurück. Er rauchte eine Zigarette und ging im Raum auf und ab.

Vitebsk wandte sich ihm zu und sagte: „Mein lieber Freund, du weißt einfach nicht, wie man solche Fälle behandelt. Man muss da psychologisch vorgehen.“

„Der Teufel soll sie holen – ich erschieße sie!“, rief Rauch.

Vitebsk half mir auf und führte mich sehr behutsam in ein anderes Zimmer, wo er mir bedeutete, mich zu setzen. Er brachte mir einen Becher Wasser, stellte ihn vor mich und machte es sich in einem Sessel bequem. Ich trank das Wasser in einem Zug, denn ich brannte innerlich.

„Bist du hungrig?“, begann er freundlich. Er lächelte leicht und sah sehr zufrieden mit sich aus, voller Hoffnung, dass er mit seiner Strategie die Wahrheit aus mir herausbekommen würde.

„Nein, ich bin nicht hungrig“, erwiderte ich. Vitebsk streckte sich in seinem Sessel aus, zündete sich eine Pfeife an und sagte: „Weißt du, Kleine, wenn ich mir dich ansehe, tust du mir ein bisschen leid. Ich habe das Gefühl, du gehörst zu unserer Rasse. Du bist so blond wie eines unserer deutschen Mädchen. Dein Vater muss ein Nichtjude gewesen sein.“

„Mein Vater war ein Jude und ich bin eine Jüdin."

„Warum bist du stolz darauf?"

„Es ist die Wahrheit."

Vitebsk begann mit den Fingern auf den Tisch zu trommeln und änderte seine Strategie. Er verlegte sich jetzt auf einen strengeren Ton.

„Ich möchte dir helfen, glaubst du mir das?"

„Nein, das glaube ich Ihnen nicht", antwortete ich.

„Nun, dann erzähl mir, wo du dich die ganze Zeit versteckt hast und wen du getroffen hast. Das interessiert mich aus rein persönlicher Neugier."

„Es würde Sie nicht interessieren."

„Das kannst du nicht beurteilen."

„Ich habe gearbeitet", sagte ich.

„Und hast du alles, was zu sagen ist, mit diesem einen Satz gesagt?"

„Ja."

„Sei vorsichtig. Zwing mich nicht, dich so zu schlagen, wie es Rauch getan hat."

Ich schwieg.

„Wir behalten dich hier, bis du völlig erschöpft bist. Du wirst uns anflehen, dich zu erschießen."

Er sprach ruhig und ernst. Dann erhob er sich aus seinem Sessel und ging in den anderen Raum, ließ aber die Tür hinter sich offen. Aus dem anderen Raum hörte ich die weiche, schmeichelnde Stimme einer Frau.

„Hutsch, zeig mir die Jüdin, ich möchte wissen, wie sie aussieht."

„Komm mit", hörte ich Hutsch sagen. Schon stand er mit einer großen, blonden, schön gekleideten Frau in der Tür.

„Ein hübsches Mädchen", sagte er. Die Frau zog eine Grimasse und senkte den Kopf.

„Ja, sie ist ganz nett anzusehen, aber ich glaube, sie hat Läuse", sagte sie, schob sich näher an Hutsch und nahm seinen Arm.

„Komm, Hutsch", bat sie ihn kokett und rümpfte dabei ihr Näschen.

„Ich habe keine Zeit, Liebes, ich muss diese Jüdin ins Gefängnis bringen."

„Nie hast du Zeit, Hutsch. Liebst du mich nicht mehr?", sagte sie traurig.

„Natürlich liebe ich dich."

Er nahm ihre Hand und drückte sie auf seine Lippen. Sie lachte fröhlich, drehte sich im Walzerschritt durch das Zimmer und ging. Hutsch wandte sich an mich:

„Komm, bei uns stirbst du nicht so leicht.“ Er machte eine Geste zur offenen Tür. Ich hatte das Gefühl, dass selbst der Tod Mitleid mit mir hatte. Nur die Deutschen kannten keines.

Sie brachten mich in die Zelle zurück. Tage des Schreckens folgten. Tage ohne Unterschied, jeder gefüllt mit unsäglichem Leiden. Es kamen Verhörleute in Zivil und jeder von ihnen probierte seine eigene Strategie an mir aus, um Informationen über die Partisanen aus mir herauszuholen. Nach einer Woche im Gefängnis sah ich nicht mehr wie ein Mensch aus. Ich sehnte den Tod herbei, damit er mich von den Qualen des Lebens erlöste. Ich war dem Wahnsinn nahe und beschloss davonzulaufen, wenn mich die Deutschen je wieder aus dem Gefängnis holten, sodass sie mich erschießen mussten.

Es war der einzige Ausweg. Nur der Tod konnte mich von diesem Leid erlösen und mir weitere Folter ersparen. Und meine Hoffnung erfüllte sich tatsächlich. Noch am selben Tag kam Hutsch und brachte mich zur Feldpolizeiwache, wo ich arbeiten sollte. Der Himmel sah blauer als je zuvor und die Hügel in der Ferne wirkten wunderschön. Wie konnte ich so eine Welt verlassen, wie konnte ich an einem solchen Tag sterben, dachte ich verzweifelt. Aber mein Verstand beruhigte mich, sagte mir, dass mein Leid heute zu Ende sein würde. Zugleich klopfte mir das Herz und sagte mir: Du willst nicht sterben. Meine Seele flatterte wie ein Vogel im Käfig hin und her und kämpfte um das Leben.

Der Hof der Wache war von einem hohen Zaun umschlossen. Ich wusste, wenn ich auch nur die kleinste Bewegung machen würde, käme eine Kugel geflogen und würde mich vom Leben befreien. Aber ich konnte nicht, ich war schwach. Vielleicht war es der schöne Tag, der mich am Leben hielt …

Ein paar Augenblicke vergingen. Sie brachten mich zur Garage, wo ich die Wände tünchen sollte. Der Hof war mit Steinen in einem schönen Muster gepflastert – sie hatten sie vom jüdischen Friedhof genommen. Man konnte noch immer die Inschriften darauf erkennen, Geburts- und Todestage. Da führte Kern ein süßes kleines Kälbchen über die Steine. Er nahm ein langes Messer und trennte ihm mit einem schnellen Schnitt den Kopf vom Körper. Warmes, rotes Blut floss auf die weißen Steine.

„Hutsch, schick mir die Jüdin", rief er.

Ich ging zu ihm hin.

„Schau, ich habe einmal einen Juden mit diesem Messer getötet", sagte er zu mir. Er hob das blutige Messer und hielt es mir vor die Augen. Ich begann vor ihm zurückzuweichen.

„Bleib stehen", schrie er. Ich blieb stehen. Hutsch sah mich von der Seite an und lachte. Kern kam her und zeigte mit der Messerspitze auf mein Herz.

„Ich bringe dich jetzt um!"

Ich blieb ruhig.

„Hast du Angst?"

Ich antwortete nicht.

„Hast du Angst?", wiederholte er.

„Nein!"

„Hahaha", lachten die beiden lauthals und Kern machte sich wieder an die Arbeit.

Es war Nachmittag und ich hatte noch immer nicht getan, was ich geplant hatte. Der dicke Oberwachtmeister rief Hutsch, der strammstand.

„Ja, mein Oberwachtmeister." Er schlug die Hacken zusammen.

„Haben Sie etwas aus der Jüdin herausbekommen?", fragte er.

„Nein."

„Dann wird sie nach der Arbeit umgebracht. Wir haben keine Zeit mehr, mit ihr Spielchen zu spielen."

Ich hörte die Entscheidung. Sie besiegelte mein Schicksal, das ich jedoch bereits kannte. Trotzdem gefror mir das Blut in den Adern. Die Werkzeuge fielen mir aus den Händen und ich stand da wie zu Stein erstarrt. Plötzlich berührte mich jemand an der Schulter. Es war ein großer junger Mann, der für die Deutschen arbeitete.

„Ich möchte dir von ganzem Herzen helfen", flüsterte er mir zu.

„Niemand kann mir helfen", erwiderte ich ihm.

Als sich ein Deutscher näherte, verschwand der junge Mann rasch. Ich erinnere mich nur noch daran, dass sein Name Piotr war.

Das Ende war gekommen, ging mir durch den Kopf, heute würde mein Leben enden – am 28. September 1943. Ich ging zum Fenster der Garage, sah hinüber zum grünen Wald und den Wiesen in der Ferne, die ich so sehr mochte. Sie erschienen mir plötzlich so nah. Mir war, als würde alles auf mich zukommen, die Hände ausstrecken und mir auf Wiedersehen sagen.

Eine Welle der Erinnerungen überschwemmte mich. Mit einem Mal bin ich wieder ein Kind, das mit einem Flechtkorb in den Wald geht, um Beeren zu sammeln. Ich verlaufe mich und wandere durch blütenübersäte Wiesen. Ich erhebe mich auf Windesflügeln in die Lüfte und tanze einen Frühlingstanz. So fern waren diese Erinnerungen. Ich begann wie im Fieber mit mir zu sprechen. Was mache ich hier, unter diesen Mördern? Ich gehöre nicht hierher. Göttin der Gerechtigkeit, die du bittere Tränen fortwischst, die du verwundete Herzen heilst, bitte nimm mich mit und verstecke mich unter deinem Mantel, bringe mich weit weg von dieser Mördergrube! Gott im Himmel, Gott, Einer und Allmächtiger. Du siehst mich jetzt, du siehst den Tod über mir schweben – ich bin doch unschuldig. Warum schweigst du? Antworte, erhebe deine Stimme, bald wird es zu spät sein!

Niemand hörte mich rufen, niemand antwortete. Ich brach in Tränen aus. Ich wollte aufs Neue alles umklammern, was mir so kostbar war, wollte an das Leben denkend sterben, an das Leben, das nach dem Tod beginnen würde. Ich lächelte dem Leben entgegen, das auf mich wartete. Zugleich dachte ich an die Juden, die über die Erde verstreut waren. Ich wollte ihnen sagen: Hört auf herumzuwandern, hört auf, gehasst zu werden.

Ich dachte an jene, die ihr Leben geopfert hatten, um die Menschheit von der Brut deutscher Mörder zu erlösen, dachte an jene, die auf dem Schlachtfeld gekämpft und den Heldentod gestorben waren. Schließlich kamen mir Olena und Paraschka in den Sinn, zwei Frauen, die alles getan hatten, um mich zu retten. Ich wusste, dass Olena irgendwo saß, mein bitteres Schicksal beweinte und den Augenblick verfluchte, an dem wir getrennt worden waren.

Meine Olena, dachte ich bei mir, ich würde ein Denkmal für dich errichten, eine ewige Gedenkstätte als Erinnerung an deinen Mut im Angesicht all des Bösen in der Welt.

Ich verscheuchte die Gedanken und kam wieder zu mir. Die Sonne ging unter. Die Arbeit war fast getan und mein Leben fast vorbei. Plötzlich – was war das? Im Hof der Feldpolizeiwache gab es einen Tumult. Ich hörte Rufe. Der Deutsche, der mich bewachte, lief davon. Mit einem Mal war niemand mehr in meiner Nähe. Als ich mich umsah, traute ich meinen Augen nicht. Ich rannte zum Hof. Das Gebäude stand in Flammen. Jenes Haus, in dem Dr. Frankel gelebt hatte, bevor ihn die Deutschen erwischt hatten, brannte lichterloh. Die Feldpolizei packte Pumpen und Eimer und versuchte das Feuer zu löschen. Ich sah mich um. In der Garage war niemand mehr.

Ich muss die Gelegenheit nutzen, dachte ich, muss fliehen! Also sprang ich durch ein Fenster, rannte über den Gefängnishof und kletterte über den Zaun. Im Nu war ich draußen auf der Roznovi-Straße ganz in der Nähe unseres Hauses. Ein Polizeibeamter ging vorbei, erkannte mich zum Glück aber nicht. Ich wurde langsamer und begann hinter einer Frau mit zwei Körben voller Gemüse herzutrotten, die vermutlich vom Markt kam. Eine Weile ging ich so hinter ihr und verschwand dann in einer Gasse, die aus der Stadt hinaus auf die Wiesen führte. Ich lief, galoppierte wie der Wind. Eine Kraft stärker als alle körperliche Kraft trieb mich voran, immer weiter voran. Ich erreichte den Wald. Der Abend war kalt. Unten in der Stadt flackerten die Lichter.

XIX

Wie war es mir nur gelungen zu entkommen? Ich konnte nicht glauben, dass ich den Deutschen tatsächlich entwischt war, denn niemand, der je in ihre Hände geraten war, hatte überlebt. Der Wald murmelte und die Sonne senkte sich hinter die Hügel.

War ich wirklich am Leben, ins Leben zurückgekehrt? Eine unsagbare Freude durchdrang mich, die Freude eines Menschen, der schon unter dem Galgen gestanden war und plötzlich feststellte, dass das Seil durchgeschnitten war! Nun galt es, den Kampf wieder aufzunehmen!

Ich begann mich durch die Dunkelheit des Waldes zu tasten. Nur mit Mühe kämpfte ich mich durch das Unterholz und ging einen Weg, der keiner war. Meine Beine waren zerkratzt, aber ich stapfte immer weiter. Die Dämmerung brach an. Ich blieb einen Augenblick lang fasziniert vom Anblick stehen, dann setzte ich meinen Gang fort und suchte nach einem Pfad, der mich zur Straße führen würde. Ich ging und ging, war aber irgendwann wieder dort, wo ich angefangen hatte. Es gelang mir einfach nicht, einen Weg aus dem Labyrinth zu finden.

Die Nacht brach herein und wieder begann ein neuer Tag, doch ich wanderte immer noch am selben Fleck herum, als sei ich in einem Zauberkreis gefangen. Meine einzige Nahrung war Sauerampfer, den ich im Wald fand. So irrte ich zwei Tage lang umher. In der dritten Nacht sah ich ein schwaches Licht in der Ferne flackern. Ich ging darauf zu. Mit letzter Kraft erreichte ich eine kleine Hütte im Wald. Darin erleuchtete eine Öllampe das kärgliche Zimmer. In der Nähe des Hauses begegnete ich einer Frau in Winterkleidung mit großem Stock in der Hand.

„Gelobt sei Jesus Christus!“

„In Ewigkeit Amen“, erwiderte die Frau verwundert. „Welches Missgeschick hat dich mitten in der Nacht hierher geführt?“

„Ich habe mich im Wald verlaufen.“

Die Frau führte mich in einen schmalen, beengten Raum und machte sich am Ofen zu schaffen. Im schwachen Licht betrachtete ich sie. Ihr Gesicht war runzelig und sah doch jung aus, hässlich, aber mit traurigen, glänzenden schwarzen Augen. Als sie ihren Mund öffnete, sah ich schöne Zähne, regelmäßig und perlweiß. Mit einem Mal verschwand ihre Hässlichkeit und sie war wunderschön, bezaubernd. Sie trug ein zerlumptes Huzulengewand und hatte ihre zerstoßenen Füße in schmutzige Lumpen gewickelt. Am Ofen berührte sie einen schwarzen Gegenstand und sagte:

„Komm, Sohn, steht auf. Hab keine Angst. Es ist nur ein Mädchen, das sich im Wald verirrt hat."

Das scheinbar unbelebte Ding erwachte plötzlich zum Leben, warf die schwarze Decke ab und verwandelte sich in einen Jungen. Er rieb sich mit den Fäusten die verschlafenen Augen und gähnte faul. Die Frau stellte einige mit ihren Schalen gekochte Kartoffeln und einen Tonkrug mit saurer Milch auf den Tisch. Sie setzte sich mit ihrem Sohn zum Abendessen hin und lud mich ein, mich zu ihnen zu gesellen. Das musste man mir nicht zweimal sagen. Ich setzte mich und aß mit dem Appetit eines hungrigen Wolfs.

Nach dem Abendessen nahm die Frau einen dicken Stock, gab ihrem Sohn einen ähnlichen und sagte zu mir:

„Wir müssen den Gemüsegarten vor den Wildschweinen schützen. Wenn du einen Pfiff hörst, lauf in den Wald – es ist das Zeichen, dass die Polizei kommt. Mein Sohn versteckt sich vor ihnen. Vor zwei Tagen erst ist er den Deutschen entkommen."

Der Junge steckte zwei Finger in den Mund und pfiff so laut, dass mir die Ohren klangen.

„Wenn du so einen Pfiff hörst, lauf weg!", erklärte er mir.

Die beiden gingen und ich kletterte auf den Dachboden, zog die Leiter hinter mir hoch und ging schlafen. Es war der erste Schlaf nach vielen schlaflosen Nächten. Beim ersten Tageslicht war ich wieder unterwegs. Ich ging einen schmalen Pfad entlang, der von der Hütte aus durch den Wald führte. Am Nachmittag erreichte ich einen Weg mit Pferdespuren, die mir recht frisch erschienen, wollte ihm jedoch nicht folgen, denn ich hatte Angst, Menschen zu begegnen. Aber ich hatte keine Wahl, denn früher oder später würde ich den Wald verlassen müssen.

Alle paar Minuten musste ich mich verstecken. Mit Baumstämmen beladene Fuhrwerke fuhren den Weg entlang und auch viele Menschen gingen vorüber. Ich wartete im Unterholz, bis sie weg waren, dann marschierte ich weiter. Ich folgte dem Weg, ohne zu wissen, wohin er mich führen würde.

Am Abend begegnete ich einer jungen Schäferin mit einer Herde und ging mit ihr in das Dorf. Niemand achtete auf mich. Ich tat, als folgte ich der Herde. Als wir den Dorfrand erreichten, ließ ich mich zurückfallen und schlüpfte in die Büsche. Ich war nicht mehr weit von der Hütte entfernt, in der Olena lebte. Mein Herz klopfte vor Freude. Nie hatte ich mir erträumt, je wieder zu ihr zurückkehren zu können. Ich wusste, wie sich die alte Frau freuen würde. Sicher glaubte sie, dass ich nicht mehr am Leben sei. Ich setzte mich in die Büsche und wartete. Plötzlich hörte ich Schritte. Jemand ging den Weg entlang. Ich lugte vorsichtig aus dem Dickicht und erkannte Olena. Sie ging sehr langsam, traurig und niedergeschlagen. Ich hustete und rief unser Signal. Olena blieb stocksteif stehen, sah sich um und ging dann weiter. Ich kroch aus dem Gebüsch und stellte mich vor sie. Sie stand verblüfft da, bekreuzigte sich und murmelte ein kurzes Gebet. Sie war sich sicher, dass nicht ich da stand, sondern ein Geist.

„Olena, ich bin am Leben, ich bin entkommen!“, rief ich. Daraufhin umarmte sie mich mit aller Kraft, so bewegt, dass sie kein Wort herausbrachte. Nach einer Weile hatte sie sich gesammelt und begann zu weinen. Dabei sprach sie unter Tränen:

„Ich hatte dich nicht mehr unter den Lebenden geglaubt, meine Donia. Das ganze Dorf sagt, dass man dich umgebracht hat. Die Menschen erzählen sogar, wie du erschossen wurdest. Sie sind alle überzeugt, dass du tot bist.“

Das freute mich, denn von jetzt an würden sie nicht mehr den Verdacht hegen, dass Olena mich versteckte, und es würde für mich einfacher sein, mich zu verbergen, bis die Gefahr vorüber war. Aber bald stellte sich heraus, dass ich mich irrte. Nachdem die Deutschen das Feuer gelöscht hatten, merkten sie, dass ich ihnen entwischt war, und starteten sogleich eine Suche unter unseren alten Nachbarn. Als sie mich dort nicht fanden, begannen sie mich mit Motorrädern zu jagen. Auch das aber nützte ihnen nichts, denn ich war in den Wald geflohen.

Die Deutschen berichteten der Polizeiwache in Pistin, dass ich davongelaufen war, und die wiederum informierte den Dorfvorsteher von Mikitinitz. Nachdem meine Flucht bekannt geworden war, konnte ich keine einzige Nacht mehr in Ruhe schlafen. Mit einem Mal interessierten sich die Menschen im Dorf wieder für mich und begannen Olena zu fragen, ob sie wüsste, wo ich war. Die Lage wurde gefährlich, denn nun suchte nicht nur die Polizei nach mir, auch Strolche wie Schenkarek, Ilka Filvartschuk und andere waren mir auf den Fersen. Die Verbrecher hatten nämlich gehört, dass die Rote Armee immer näher kam, und fürchteten eine rächende Hand. Deshalb waren sie darauf aus, die Spuren ihrer Untaten zu verwischen und dafür zu sorgen, dass für ihre Mordtaten keine Zeugen am Leben blieben.

XX

Immer mehr deutete nun auf einen nahenden Sieg hin. Es kursierten Berichte über einen Rückzug der deutschen Armee, die die deutschen Mörder in Angst versetzten. Auch ich hörte davon, konnte es aber nicht glauben: Es überstieg meine Vorstellung, dass der Tag der Freiheit kommen sollte. Mir war, als müsste ich die ganze Erde umarmen und den Boden küssen. Manchmal, als ich nachts im Bett lag, durchbrach der Donner ferner Kanonen die Stille. Es kam mir vor, als würden von den Explosionen die Grundfesten der Erde erschüttert.

Olena brachte mir eine kleine Karte mit einer unleserlichen Überschrift, die aus einer Zeitung ausgeschnitten worden war. Stundenlang saß ich über ihr und sah mir die Gefechtslinien an. Dem Maßstab der Karte nach zu urteilen wurden die entscheidenden Schlachten nicht weit von uns ausgefochten, weshalb die sowjetische Armee bald bei uns erscheinen müsste. Doch das würde nicht leicht sein, jeden Schritt vorwärts würden sie mit Blut bezahlen. Ich wusste, dass es viele Opfer geben würde und sie über die Körper ihrer eigenen Toten vorrücken mussten.

In Mikitinitz brachen Unruhen aus. Banden zogen durch die Wälder und griffen die Dörfer bei Nacht an. Nachbar fiel über Nachbar und Bruder über Bruder her. Sie zerstörten, plünderten und mordeten. Je näher die Sowjetarmee rückte, desto gefährlicher wurden die Banden. Ich hatte schreckliche Angst, wusste ich doch, dass jeder, der in die Fänge dieser Verbrecher geriet, zu Tode gefoltert wurde. Hinzu kam, dass ich mir um Olena Sorgen machte. Die Polizei suchte nach mir und vermutete, dass ich mich bei ihr versteckte. Olena glaubte nachts verdächtige Schatten an ihren Fenstern vorbeistreichen zu sehen. Sie wurde beobachtet.

Die Bedingungen wurden allmählich besser, doch war ich nach wie vor in großer Gefahr. Ich versteckte mich im Heu auf dem Dachboden des Hauses von Paraschkas Schwiegervater, ohne dass dieser es wusste. Von Zeit zu Zeit kam Paraschka zu mir und sprach mir Mut zu: „Halte nur noch ein bisschen durch, bloß einen oder zwei Tage. Die Rettung wird gewiss kommen." Aber die Tage waren wie Jahre für mich, der Tod in jedem Augenblick möglich. Inzwischen war der Winter 1944 angebrochen. Ich saß im Heu versteckt und betete um ein gnädiges Schicksal. Aber das Schicksal machte sich über mich lustig. Olena tauchte tagelang nicht auf. Ich war sehr besorgt und konnte viele Nächte aus Angst um sie nicht schlafen. Sorge legte sich auf meine Gedanken wie schwarze Wolken. Angstvoll lauschte ich auf das leiseste Geräusch.

Vielleicht kommt Olena ja, dachte ich und horchte aufmerksam, aber vergebens. Ich lugte in jede dunkle Ecke, sah aber nichts. Olena kam nicht. Sie war doch stets gekommen, selbst bei schlechtestem Wetter hatte sie mir zu essen gebracht und sich um meine Gesundheit gesorgt, und nun waren schon Tage vergangen, ohne dass sie sich hatten blicken lassen.

Eine ganze Woche verstrich. Etwas musste ihr zugestoßen sein. Meine Sorge wuchs, ich konnte nicht mehr schlafen. Die Nächte waren ein Albtraum, von Angst und Schrecken erfüllt. Schließlich hörte ich eines Nachts ein Geräusch: Jemand suchte im Heu nach mir.

Vielleicht ist es ja Olena, dachte ich mit Freude.

Aber vielleicht ist es auch jemand anders, flüsterte die Angst.

Das Geräusch wurde lauter. Kach, kach, kach – das war Olenas Husten, unser altes Erkennungszeichen. Sie lebte also, meine Olena war am Leben, am Leben! Meine Freude war grenzenlos. Sie atmete schwer und konnte kaum stehen, sich aber auch nicht setzen. Ihr ganzer Körper war zerschunden und zerschlagen.

„Ich hatte Angst, ich würde dich nie wieder sehen", sagte sie schließlich, „und war in Sorge, wer sich um dich kümmern würde, wenn ich nicht mehr da bin."

„Um Himmels willen, Olena, erzähl mir, was mit dir passiert ist!"

Sie begann. „Es war Sonntagabend. Ich hatte etwas zu essen gemacht und wollte zu dir gehen. Dazu wartete ich, bis es dunkel war, sodass ich die Straße entlang zum Wald und zu den Wiesen schleichen konnte. Wie immer wollte ich vorher sicher sein, dass mich niemand beobachtete, und ging nach draußen. Da sah ich eine Bewegung beim Fenster. Überall um das Haus herum waren Fußspuren im Schnee. Ich begriff, dass ich doppelt vorsichtig sein musste. Um meine Beobachter zu täuschen, nahm ich Krüge, holte Wasser aus dem Bach und hackte Holz. Dabei hielt ich ein Auge auf die Umgebung. Als ich im Hof ein Geräusch hörte, ging ich nachsehen, was es war, aber wenn jemand dort gewesen war, hatte er sich vor meiner Nase davongestohlen. Deshalb beschloss ich, nicht zu dir zu kommen, sondern denjenigen, der mich ausspähte, zu täuschen. Anscheinend verfolgte man jeden meiner Schritte. Ich machte Feuer im Ofen und setzte mich hin, um Baumwolle zu spinnen; dabei summte ich vor mich hin. Da erschien wieder ein Schatten vor dem Fenster. Der Gedanke, dass du hungerst, ließ mich nicht zur Ruhe kommen. Ich war krank vor Sorge. Was würde passieren, wenn sie mich weiterhin die ganze Zeit so beobachteten? Ich spann so lange, bis ich einschlief. Da kam ein Nachbar herein, dann ein weiterer und immer mehr, bis die Hütte voller Menschen war. Die Männer rauchten. Das Zimmer war so voller Rauch, dass sie husten mussten. Der Besuch überraschte mich, denn diese Leute kamen selten zu mir und hatten sich nie für mich interessiert. Ich gehörte nicht zu ihnen. Ich war immer eine Außenseiterin gewesen. Trotzdem empfing ich sie höflich und wir unterhielten uns. Aber ich beschloss, sehr vorsichtig mit dem zu sein, was ich sagte.

„Wusstest du, dass es heißt, die Deutschen seien kurz davor zu fliehen? Was meinst du dazu, Olena?“, fragte mich eine der Frauen.

„Alle möglichen Gerüchte machen die Runde“, sagte ich. „Ich bin eine alte Frau und habe keine Ahnung von Politik. Was passiert ist, haben wir gesehen, was passieren wird, werden wir sehen.“

„Aber wusstest du“, sagte jemand anders, „dass das kleine Judenmädchen, das sie in deiner Hütte erwischt haben, leben könnte, wenn sie noch hier wäre …“

Diese Bemerkung verwirrte mich, ich wusste nicht, was sie vorhatten. Aber ich beschloss, auf alle Fragen ruhig, vorsichtig und überlegt zu antworten. Ich machte ein sorgenvolles Gesicht und spielte das Spiel weiter. Wollen wir mal sehen, wer die bessere Schauspielerin ist, ihr oder ich. Ich senkte den Kopf und sagte den Tränen nah: „Ja, aber sie ist nicht mehr unter den Lebenden.“

„Aber Olena, es heißt, sie sei weggelaufen …“

„Ich habe noch nie gehört, dass jemand den Deutschen entwischt ist“, erwiderte ich, „aber ich wünschte, es wäre wahr.“ Es war sehr schwer für mich, über dich zu sprechen, und ich versuchte sie für etwas anderes zu interessieren, aber es gelang mir nicht.

„Olena“, sagte einer der Nachbarn, „du solltest wissen, dass in jeder Lüge ein bisschen Wahrheit steckt. Aber es kommt mir seltsam vor, dass sie nicht zu dir zurückgekommen ist.“ Der Ton seiner Stimme sagte mir, dass er von deiner Flucht wusste. Ich beschloss, die Unterhaltung nicht länger fortzuführen, und begann zu singen. Die Frauen stimmten mit ein. Es war spät nachts. Ich wollte die ungebetenen Gäste einfach nur loswerden, war müde und hatte nur den Wunsch zu schlafen. Ständig gähnte ich und döste ein paarmal sogar weg. Die Gäste unterhielten sich untereinander, bis sie dachten, dass ich wirklich schlafe, dann gingen sie. Ich saß am Herd und schlief dort schließlich auch ein, während ich die Spindel noch in der Hand hielt.

Stefan weckte mich, als er mit einem Sack kam.

Danach konnte ich nicht mehr schlafen. Am Morgen lag ich nach einer kurzen Nacht auf dem Herd und fragte mich, wie ich zu dir kommen könnte. Da schlief ich wieder ein und hörte nicht einmal, wie die Tür aufging. Ein lauter Ruf weckte mich.

Vor mir standen die beiden Polizisten, die dich erwischt hatten. Ich stieg vom Ofen. Sie hatten das Haus bereits auf den Kopf gestellt.

„Wo ist die Jüdin?", schrie einer.

„Ich weiß nicht. Ihr habt sie weggebracht", antwortete ich.

Da begannen sie mich zu schlagen. Sie fanden einige Fotografien und einen alten Stopfrahmen aus der Zeit, als ich noch jung war und als Dienstmädchen in der Stadt gearbeitet hatte.

„Die Jüdin hat dir das gebracht!", rief einer der beiden und warf mir den Rahmen ins Gesicht. Ich versuchte zu erklären, dass er mir gehörte, aber je mehr ich sagte, desto mehr schlugen sie mich. Sie stießen mich nach draußen und gingen zu dem Heuhaufen im Wald, in dem du dich versteckt hattest. Ich merkte, dass sie alles wussten. Sie durchsuchten den Haufen, aber außer ein paar Papierfetzen, die du beschrieben hattest, fanden sie nichts.

„Du hast deine Jüdin sehr gut versteckt", sagte einer und begann mich erneut zu schlagen. Mir wurde schwarz vor den Augen und ich fiel zu Boden. Der eine trat mich von der einen, der andere von der anderen Seite. Bald war ich am ganzen Körper schwarz und blau. Sie suchten im Gebüsch und Hof, bis sie überzeugt waren, dass du nicht da warst. Dann befahlen sie mir, mit ihnen zu gehen.

In der Nacht zuvor waren einem Bauern zehn Rollen Baumwollgarn gestohlen worden und die Polizisten hatten bei mir den Sack gefunden, den Stefan in die Hütte gebracht hatte. Darin waren die zehn Rollen gewesen. Sie ließen mich den Sack auf den Schultern tragen, überzeugt, dass ich ihn genommen hatte. Unterwegs schlugen sie mich gnadenlos weiter. Ich fiel hin, die Kraft war vollends aus mir gewichen. Als ich aufstand, prügelten sie weiter auf mich ein. Schließlich brachten sie mich zum Haus des Ortsvorstehers. Dort hatten sich viele Leute versammelt. Einer der Polizisten sagte:

„Wie ihr seht, ist diese Frau eine Verräterin an unserem Volk. Wir müssen solche Leute vernichten, sie ausmerzen, damit keine Erinnerung an sie bleibt. Solche Leute wie sie sind schuld daran, dass wir leiden."

Die Menge war aufgeregt und der Polizist fuhr fort:

„Sie versteckt eine Jüdin, unsere größte Feindin. Wir werden sie erst gehen lassen, wenn sie uns die Jüdin ausliefert. Wir schlagen sie, bis sie redet."

Danach begann der Polizist, mit dem Lauf seines Gewehrs auf mich einzuprügeln. Er schlug mich ins Gesicht und auf den Kopf, bis ich ohnmächtig wurde. Sofort schütteten sie einen Krug Wasser über mich.

„Wo ist die Jüdin, verrate es uns sofort, dann lassen wir dich gehen!“, herrschte mich einer der Polizisten an und ging auf mich zu.

„Ihr habt sie mir genommen“, antwortete ich mit letzter Kraft, fast schrie ich. Da schlugen sie mich wieder zu Boden. „Wir müssen Schluss mit ihr machen“, rief der Vorgesetzte so laut, dass ich es hören konnte.

Der andere nahm sein Gewehr.

„Steh auf, Frau, dein Ende ist gekommen“, schrie er mich an. Ich stand auf und fragte mich, was jetzt wohl mit dir geschehen würde. Es tat mir leid, dass ich dir nicht mehr Brot gelassen hatte. Aber vor dem Sterben hatte ich keine Angst, ich bedauerte mich nicht. Ich hatte mehr als lange genug gelebt, hatte hart genug in den Dörfern und Städten für Bauern und Reiche gearbeitet. Ich hatte in meinem Leben keinen einzigen glücklichen Augenblick. Nie hatte mich jemand gemocht. Auf mich wartete ein Hundetod, mir war es recht, es kümmerte mich nicht, ob ich starb oder nicht. Wenigstens hatte ich den geringen Trost, einen unschuldigen, hilflosen Menschen geschützt zu haben. So wusste ich zumindest, dass ich jemandem etwas Gutes getan hatte.

Das ging mir durch den Kopf, als ich mich noch aufrechter hinstellte und auf die Kugel wartete, die mich in Staub verwandeln würde. Jeder war still und wartete darauf, was als Nächstes geschehen würde.

„Sag es mir, wenn nicht, erschieße ich dich“, sagte der Polizist und betonte dabei das Wort „erschießen“. Er schob mich an die Wand und zielte mit dem Gewehr auf mein Herz. Ich war sicher, das war das Ende.

„Rede!“

„Ich weiß nichts.“

„Nicht schießen, erst muss sie uns verraten, wo die Jüdin ist. Schlag sie, schlag sie!“, rief sein Vorgesetzter voller Zorn.

„Mach deinen Mund auf, du Luder!“, schrie der Polizist. Ich öffnete den Mund. Er hielt den Gewehrlauf an meine Zähne und brüllte: „Rede oder ich erschieße dich!“

„Ich weiß nichts …“

Ich hatte mein letztes Wort noch nicht gesprochen, da fiel ich ohnmächtig zu Boden. Nach einer Weile öffnete ich wieder die Augen und schleppte mich zurück in meine Hütte. Zwei Tage und Nächte lag ich wie eine Leiche auf dem Ofen. Ich konnte keinen Finger bewegen …“.

Mit diesen Worten schloss Olena ihre Geschichte und seufzte bitterlich. Ich wusste nicht, wie ich ihr für ihre Liebe, ihre Hingabe und ihren Mut danken sollte. Ich brach in Tränen aus. Und sie tröstete mich. „Weine nicht, weine nicht, Donia“, sagte sie. „In bin immer bei dir, ich lass dich nie allein. Solange Leben in mir ist, bleibe ich bei dir und wache über dich.“

XXI

Die Lage wurde für uns von Tag zu Tag schwieriger. Man suchte überall nach mir und beobachtete fast jeden Schritt, den Olena tat. Es gab Augenblicke, da war ich mir sicher, dass wir beide dem Druck nicht standhalten würden. Ich sah turmhohe Wellen und einen von schweren schwarzen Wolken bedeckten Himmel vor mir. Aber ich erkannte auch einen Lichtstrahl in der Ferne, der die Wolken durchbrach. Mit letzter Kraft versuchte ich Furcht und Verzweiflung aus meinen Gedanken zu verdrängen und meine Zuversicht zu behalten. Ich versuchte wie Olena zu sein, die mit solcher Tapferkeit, solchem Mut kämpfte.

Eines Abends kam die alte Frau mit beängstigenden Neuigkeiten gelaufen. In der Nähe des Hauses, in dem ich mich versteckte, war ein Schwein gestohlen worden. Die Polizei war verständigt worden und gekommen, um Nachforschungen anzustellen. Sie durchsuchten das Dorf.

Ich begriff, welche Gefahr mir drohte, und musste sofort von hier weg. In der Nacht führte mich Olena aus dem Wald, weit weg von hier. Wir stiegen auf einen steilen Hügel. Mir war, als würde ich gleich in eine bodenlose Tiefe stürzen. Der Schnee, der den Hügel bedeckte, war zu Eis gefroren. Immer wieder rutschte ich aus, fiel hin und glitt den Hang hinab, um mich an Büschen und Bäumen festzuhaltend wieder nach oben zu kämpfen. Einmal blieb ich mit den Haaren in den Ästen eines Baums hängen und stürzte erneut. Ich wollte schreien: „Ich kann nicht mehr, kann nicht mehr!“, schämte mich aber vor Olena, die den Hügel nach oben kletterte, ohne müde zu werden. Ich lehnte mich an einen Baum.

„Was ist passiert?“, fragte Olena.

„Nichts, nichts, ich komme schon“, antwortete ich.

Als wir am Gipfel ankamen, mussten wir auf der anderen Seite wieder nach unten und dann den nächsten Hügel hinauf, bis wir vor einer Schlucht standen, an der wohl noch nie ein Mensch zuvor gewesen war. Mir wurde schwindlig beim Anblick des Abgrunds. In den sechs Tagen, an denen Gott die Erde schuf, musste er ihn gemacht haben für Leute wie mich, die gezwungen waren, sich vor der Welt zu verstecken. Olena machte sich umgehend an die Arbeit und hatte innerhalb von zwei Stunden einen kleinen Unterschlupf aus Zweigen und nassen Blättern als Schutz vor dem Schnee gebaut. Der Eingang war so schmal, dass ich Schwierigkeiten hatte hineinzukommen. Drinnen war gerade genug Platz zum Liegen. Umherzukriechen war unmöglich, denn eine hastige Bewegung hätte das Ganze zum Einsturz bringen können.

Olena kam jede Nacht vorbei. Dann kroch ich aus dem Versteck, schlang das Essen hinunter, das sie mir brachte, und krabbelte wieder zurück.

Sämtliche Feldmäuse im Wald schienen sich hier zu versammeln, graue, rote und weiße. Sie blieben Tag und Nacht bei mir und liefen über meine Hände, meine Füße und mein Gesicht. Ich konnte sie nicht verjagen. Alle möglichen Waldtiere umkreisten nachts mein Versteck. Ich zitterte, blieb aber geduldig liegen.

Sechs Winterwochen vergingen auf diese Weise, ohne Luft und ohne Licht, bis ich krank wurde und nicht länger bleiben konnte. Olena hatte keine Wahl mehr und musste einen ihrer Nachbarn in das Geheimnis einweihen. Als Polen noch unabhängig gewesen war, hatte man ihn als Kommunisten für zehn Jahre ins Gefängnis gesteckt, wo er lahm geworden war. Als im September 1939 die Rote Armee einmarschierte, verließ er das Gefängnis als Krüppel. Aber er wies uns nicht ab. Ich durfte nachts in seinem Haus bleiben. Tagsüber war es nicht möglich, da ihn seine Freunde besuchten. Selbst wenn sie seine Ansichten teilten und er seine Hand für sie ins Feuer zu legen bereit war, wollte er dieses Geheimnis nicht mit ihnen teilen. So weit ging sein Vertrauen in sie dann doch nicht.

Ich wurde eine Wanderin. Nachts versteckte ich mich bei Fyodor und bei Tagesanbruch verkroch ich mich in seinem Stall zwischen den Ziegen. Monate vergingen auf diese Weise, es war ein ständiges Verstecken und Davonlaufen. Ich hatte Angst, in der Nacht umherzugehen, denn ich wollte keinesfalls den Strolchen begegnen. So blieb ich manchmal auch nachts im Stall.

In einer mondhellen Nacht erwachte ich aus einem bedrückenden Traum. Ich hatte geträumt, dass ich wieder in Kossiw im Gefängnis war und darauf wartete, dass sie mich zur Hinrichtung hinausführen würden. Als ich aufwachte, dachte ich, dass ich mich wirklich dort befand, und begann nach den Gitterstäben im Fenster zu tasten. Wirr stolperte ich umher und fiel auf eine Ziege, die daraufhin jämmerlich zu meckern begann.

Ich erschrak. Der Stall befand sich unweit der Straße. Bald hörte ich Schritte. Ich spähte durch das kleine Fenster und sah eine Gruppe von Männern herumlaufen. Vielleicht ist es die Polizei, dachte ich. Neugierig beobachtete ich sie. Es wurde allmählich hell, sodass ich sie zählen konnte – sie waren zu fünft. Sie gingen in den Hof des Hauses, in dem der gelähmte Kommunist lebte. Ich hörte einen Krach, dann Stille. Schwarze Schatten bewegten sich im Hof. Dann ein Schrei und ein erstickter Hilferuf.

Wieder Stille. Ich sah, wie die Mörder weggingen. Ich war Zeuge eines Verbrechens geworden. Am nächsten Tag fand man die Leiche des Kommunisten – zerstückelt. So hatte er sein junges Leben lassen müssen. Hätte ich mich in dieser Nacht drinnen bei ihm versteckt, hätten sie sicher auch mich abgeschlachtet. Solche Mörder waren inzwischen immer häufiger unterwegs. In Scheschory waren der Arzt Dr. Kaliniwitz und alle anderen Polen umgebracht worden. Die ganze Welt löste sich in Chaos und Gesetzlosigkeit auf.

Eines Nachts kam Olena mit Neuigkeiten gelaufen: Die Deutschen befanden sich auf dem Rückzug! Ich war so überrascht, dass ich nicht wusste, was ich in meiner Freude tun sollte.

Auf diesen Augenblick hatte ich jahrelang gewartet und nun war er gekommen. Ich küsste Olena, umarmte die Ziegen, mit denen ich fast den ganzen Winter verbracht hatte, und lief trunken vor Freude im Stall herum: „Die Deutschen laufen davon!" Ich glaubte vor schierer Freude verrückt zu werden.

„Olena, vielleicht ist es gar nicht wahr?", fragte ich sie zweifelnd. „Vielleicht laufen sie gar nicht davon."

„Es muss wahr sein", antwortete Olena. „Die Zeit ist gekommen."

Am nächsten Tag marschierten müde ungarische Soldaten in zerrissenen Uniformen die Straße entlang. Die Familien der Mörder flohen aus Angst vor Rache aus ihren Häusern. Nachts erleuchteten Feuer den Himmel, denn die Deutschen steckten bei ihrer Flucht alles in Brand, was auf ihrem Weg lag. Ganz nah klangen Schüsse – es waren Siegessalven. Die Erde vibrierte, die Luft zitterte. Wirklich, die Deutschen liefen davon, aber mein persönlicher Sieg war noch weit entfernt. Leben und Tod blühen an derselben Pflanze. Filvartschuk, Schenkarek und die anderen Schlächter zogen bis zur letzten Minute mordend umher und versuchten jeden zum Schweigen zu bringen, der ihre Untaten bezeugen konnte. Deshalb suchten sie noch verbissener als zuvor nach mir. Olena konnte lange Zeit nicht zu mir kommen.

Im April 1944 befreite die Rote Armee die Westukraine. Die Sowjettruppen eroberten wichtige Stellen und übernahmen die Kontrolle über die Städte, aber die Verbrecherbanden versteckten sich nach wie vor in den Dörfern und Wäldern. Sie sprengten Brücken und griffen Unschuldige an, verstümmelten und ermordeten sie. Ich wollte nach Kolomea, ließ es aber, da die Straßen zu gefährlich waren.

Auch in meinem Versteck zu bleiben wurde riskant und so musste ich fort. Eines Nachts brachte Olena mich zu einem Bauern namens

Mikitiuk, der ebenfalls am Waldrand wohnte, allerdings am anderen Ende des Dorfs. Auch er und seine Frau versteckten sich vor den Mörderbanden, die seinen Bruder umgebracht hatten. Ich blieb bei ihnen. Sie waren liebe Menschen und behandelten mich außergewöhnlich gut. Weil sie recht entlegen wohnten, kam selten jemand auch nur in die Nähe ihres Hauses. Endlich konnte ich mich vor dem ständigen Davonlaufen etwas ausruhen. Auch für Olena war es eine Erleichterung.

Dann erfuhr ich, dass schon einige überlebende Juden nach Kolomea gekommen waren. Ich wollte sie so bald wie möglich treffen und ein neues Leben beginnen. Aber die Gefahr war noch zu groß, als dass ich meinen Plan umsetzen konnte. Allmählich wurde der Winter weniger streng und ein angenehmer, warmer Wind verhieß die Ankunft des Frühlings. In den Bergen schmolz der Schnee, schmutziges Wasser floss in die Täler. Die Wiesen warfen ihren weißen Mantel ab. Hie und da erschienen die ersten Frühlingsblumen und reckten ihre Blüten der Sonne entgegen. Die Wälder erwachten und ließen ihr fröhliches Murmeln vernehmen, während die Vögel sich unter den Strohdächern an den Bau ihrer Nester machten. Wie zauberhaft die Welt doch war! Meine Seele flog ihr zu! Ich hörte auf meine Gastgeberin und zog einen kurzen Fellmantel sowie ein wollenes Kopftuch an, ging nach draußen, um die reine Luft einzuatmen und mich an der Schönheit der Natur zu erfreuen, der ich mich schon seit meiner Kindheit so nah gefühlt hatte.

Mir war, als sei ich nach einer langen und schweren Belagerung durch ein Wunder vor der Hölle gerettet worden. Ich war in die Welt zurückgekehrt, die sich nun mit mir freute. Die Sonne kam zwischen den Wolken hervor, um mich zu begrüßen und mir wie einer guten Freundin zuzulächeln. Ich setzte mich auf einen Baumstumpf und beobachtete die Vögel im Flug. Dabei vergaß ich völlig die verfluchte Welt, der ich gerade erst entkommen war. Plötzlich hörte ich auf dem Hügel, der neben mir aufragte, einen Ruf. Erschrocken drehte ich mich um. Ganz oben stand ein kräftiger Mann mit einer Axt in der Hand und starrte mich an. In meiner Not wusste ich nicht, was ich tun und wohin ich mich wenden sollte. Ich erkannte ihn als einen der Verbrecherbande. Ich sprang auf und begann wegzugehen, doch er kam den Hügel herunter und folgte mir. Wenn ich stehen blieb, blieb auch er stehen, wenn ich ging, ging auch er. Schließlich schwang er seine Axt und rief mir donnernd zu: „Dieses Mal entkommst du mir nicht, dieses Mal kriege ich dich!"

Ich zitterte. Er kam näher. Ich lief davon und fiel, sodass er ganz nahe kam. In seiner Hand sah ich die glänzende Axt, die er bedrohlich schwang. Ich zog den Fellmantel aus, riss mir das Tuch vom Kopf und rannte, so schnell ich konnte. Dabei versank ich bis zu den Knien im Schlamm. Als ich meine Beine herauszog, blieben meine Schuhe stecken. Ich begann barfuß zu laufen, doch er kam immer näher.

Plötzlich hatte ich eine Idee. Ich beschloss, die Richtung zu ändern und zu den Häusern zu laufen. Ich rannte in Schlangenlinien zwischen ihnen hindurch und schaffte es bis zur Straße. Dort lief ich weiter und blickte mich manchmal um, um zu sehen, ob er mir noch folgte. Schließlich war er verschwunden. Ich schien ihm entkommen zu sein. Nachdem ich noch eine Weile gelaufen war, blieb ich stehen. Meine Füße waren wund und zerschunden, mein Haar zerzaust, meine Kleider zerrissen. Obwohl das Frühjahr schon begonnen hatte, konnte ich nicht barfuß weitergehen, weil Schlamm und Schnee in der Nacht zu Eis gefroren. Meine nackten Füße waren von Wunden übersät. Als ich weiterging, sah ich mich immer wieder um, um sicher zu sein, dass mir niemand folgte. Ich brachte 27 Kilometer hinter mich, als würde ich nach wie vor gejagt, und hinterließ eine blutige Spur. Meine Füße waren geschwollen wie Holzklötze, doch ich fühlte keinen Schmerz mehr. Ich war entschlossen, Kolomea zu erreichen. So ging ich rasch voran – direkt der Enttäuschung entgegen: Plötzlich stand ich unweit der Stadt und konnte doch nicht hinein, denn die Brücke war gesprengt worden. Es war mir nicht möglich, den reißenden Fluss Pruth zu überqueren. Ich stand am Ufer, als sei ich zu Stein erstarrt.

XXII

Sowjetische Soldaten patrouillierten am gegenüberliegenden Ufer. Ich streckte ihnen meine Hände entgegen und flüsterte: „Rettet mich, bitte rettet mich, ich kann nicht mehr." Der Fluss toste vorbei und ich stand am Ufer und wrang verzweifelt die Hände. Zwei Fischer stapften mit einem schweren Netz auf den Schultern nach Hause. Es dämmerte und der Schlamm auf dem Boden wurde glasig. Dicke Wolken bedeckten den Himmel, ein schwerer Regen prasselte auf die Erde. Ich begegnete einer alten Frau mit einem riesigen Regenschirm, ging zu ihr hin und fragte sie höflich: „Könnten Sie mir bitte sagen, wie ich in die Stadt komme?" Sie blieb kurz stehen, sah mich an und sagte: „Weißt du nicht, dass der Schnee in den Bergen geschmolzen ist, die Flüsse über die Ufer treten und die Wiesen überfluten? Siehst du nicht, dass die Brücke gesprengt wurde? In Zeiten wie diesen denkt niemand auch nur daran, in die Stadt zu gehen."

„Aber ich muss auf die andere Seite", sagte ich. „Ich habe Verwandte dort und muss zu ihnen." Die alte Frau wurde wütend und schrie mich an: „Bist du von Sinnen? Bleib hier, solange du kannst. Die russische Armee ist schon dort und sie schlagen und töten jeden unserer Landsleute, den sie kriegen können!"

Ich wusste, dass die Verbrecherbanden dieses Gerücht streuten, und so gab ich nicht nach: „Gibt es vielleicht einen anderen Weg hinüberzukommen?" Als sie merkte, dass sie mich nicht loswurde, meinte sie fast beiläufig:

„Es heißt, in Voskscheschinitz gibt es einen Mann, der einen in seinem Ruderboot ans andere Ufer bringt." Sie zeigte in die Richtung und ich ging. Der Regen fiel in Strömen, überall war es dunkel. Ich war bis auf die Knochen nass und völlig erschöpft. Beim ersten Haus, das ich sah, klopfte ich an die Tür. Ein junges Mädchen öffnete.

„Mama, Mama, schau. Sie ist barfuß und tropfnass!“, meinte das Mädchen mitleidsvoll. Die Frau sprang vom Ofen, als sie mich sah. „O das arme Ding“, rief sie und vergrub ihr Gesicht in den Händen. Ich setzte mich auf die breite Bank, glücklich, endlich unter einem Dach zu sein. Draußen regnete es noch immer.

Das Mädchen riss ein altes Hemd in Streifen und verband meine wunden Füße. Ich trocknete meine Kleider am Feuer, aß etwas Brot und schlief ein. Am nächsten Tag regnete es noch immer. Die Frau wollte mich nicht aus dem Haus lassen. Sie und ihre Tochter hatten ein gutes Herz. Sie fragten nicht, woher ich kam oder wer ich war, und ich sagte es ihnen nicht. Ich war froh, dass sie mich nicht mit Fragen bedrängten. Doch obwohl sie mich von ganzem Herzen baten, bei ihnen zu bleiben, beschloss ich, mich wieder auf den Weg zu machen. Ich humpelte, konnte aber gehen. Die Straße war schwer. Ich schleppte mich vor Schmerz und Erschöpfung stöhnend, aber beharrlich weiter. Bis zum Fährmann waren noch ein paar Kilometer zu gehen. Das schmutzige Wasser des Pruth rauschte vorbei und zerrte entwurzelte Bäume, Brückenteile und Haushaltsgegenstände mit sich. An einer Stelle hatte sich eine Menschengruppe am Ufer versammelt. Ich ging zu ihnen und fragte sie, wo der Mann war, der einen über den Fluss brachte. Wie sich herausstellte, warteten auch sie auf ihn. Der Regen fiel weiter unablässig hernieder. Ich zitterte vor Kälte. Alle starrten mich an. Ein Mann, der einen kurzen Fellmantel trug, meinte ironisch: „Ich erfriere fast, doch seht euch das junge Mädchen an – sie spürt die Kälte nicht einmal!“ Er lachte und alle stimmten ein.

„Wohin musst du denn so eilig, dass du dir nicht einmal die Mühe gemacht hast, Schuhe anzuziehen?“, fragte ein zweiter Mann. Er trug einen Hut aus Schafleder.

„Sie will wohl die Rote Armee willkommen heißen“, fügte ein dritter hinzu.

Als ich das hörte, dachte ich: Sie scheinen mich schon erkannt zu haben. Während wir warteten, machten sie immer neue Bemerkungen. Ich blieb ruhig und tat, als hätte ich gar nichts mit ihnen zu tun. Nachdem wir lange gewartet hatten, erschien ein Mann mit langem, dichtem Bart. Das Boot gehörte ihm.

„Die da – wer ist sie?“, fragte er überrascht und deutete auf mich.

„Sie kommt aus einem der warmen Länder“, riefen sie wie im Chor. Alle stiegen ins Boot und zahlten dem alten Mann das Fährgeld: drei Eier. Ich war verzweifelt, denn ich hatte nichts, womit ich ihn zahlen hätte können. Ich wandte mich an den alten Mann und bat ihn, mich mitzunehmen. Ich erklärte ihm, dass ich zu meinen Verwandten auf der anderen Seite musste. Ich würde ihn bezahlen, wenn ich zurückkäme, erklärte ich ihm. Er merkte wohl, dass ich eine Jüdin war, denn als ich fertig war, lächelte er und sagte: „Hast du wirklich vor zurückzukommen?“

Das Boot war voll und ich musste allein zurückbleiben. Als der alte Mann wieder anlegte, begann ich ihn erneut zu bitten, mich überzusetzen, und sagte ihm, dass ich nicht gehen würde. Er wurde zornig und rief schließlich, um mich loszuwerden: „Nu, steig ein und lass mich in Ruhe!“ Ich sprang ins Boot und er ruderte es sehr langsam über das schmutzige Wasser. Ich konnte den Augenblick, da ich ans gegenüberliegende Ufer steigen würde, kaum erwarten.

Bald würde ich frei atmen können, bald würde ich erzählen können, dass ich gerettet war, dass ich überlebt hatte. Wir waren noch sechs Meter vom Ufer entfernt, vielleicht auch weniger, als der alte Mann das Boot anhielt und mir befahl auszusteigen. Ich hatte keine Wahl. Ich sprang ins Wasser und der Bärtige kehrte sogleich um, um zur anderen Seite zurückzufahren. Das Wasser stand mir bis zur Hüfte. Es war eiskalt, meine Wunden brannten. Die Bandagen an meinen Füßen wurden von der Strömung weggerissen. Trotz all meiner Anstrengungen konnte ich mich nicht auf den Beinen halten und die Strömung riss mich fort. Jedes Mal, wenn ich an einen Felsen stieß, fühlte ich einen unerträglichen Schmerz. Obwohl das Flussufer nicht weit war und das Wasser nicht tief, hatte ich nicht die Kraft, gegen die Strömung anzukämpfen und Land zu erreichen. Das Wasser zerrte an mir, sodass ich das Gefühl hatte, in einen Strudel gerissen zu werden. Da sah ich Leute am Ufer und rief um Hilfe. Sie zogen mich aus dem Fluss und brachten mich in ein Haus. Ich trocknete meine Kleider, ruhte eine Weile aus und humpelte dann weiter. Meine Beine waren von oben bis unten mit Schnitten und blauen Flecken übersät.

Ich erreichte Kolomea. Die Stadt lag leer und verlassen da. Es war still wie auf einem Friedhof. Alles, was mir widerfahren war, kam mit einem Mal über mich und schrie mir aus der Erde entgegen. Ich begann zu zittern und hatte das Gefühl, als sei der Boden unter meinen Füßen blutgetränkt.

Aber ich erholte mich rasch wieder. Ein Konvoi aus Armeelastwagen voller bewaffneter Soldaten fuhr die Straße entlang. Auf die Lkw folgte eine schwere Kanone und ganz am Schluss die Katjushas, Raketenwerfer. Auf einem davon saß ganz oben ein Soldat und rief mir zu: „Kleines Mädchen, wir fahren nach Berlin!"

Ich lächelte. Sie werden uns alle rächen, dachte ich. Ich segnete sie und betete für ihren Sieg, bereit, mich zu ihnen zu gesellen und an ihrer Seite zu kämpfen, die Feinde der Menschheit bis zum Letzten zu vernichten. Mir schien, als hörte ich Stimmen aus den Gräbern: Räche unser Blut!

Ich wollte hinter dem Konvoi herlaufen, aber die große Schwäche, die mich überkommen hatte, verhinderte jede Bewegung. Der Zug fuhr weiter und verschwand in der Ferne. Wieder einmal war ich ganz allein. Ich setzte mich auf den Boden, lehnte mich an einen Telefonmasten und sah den Lastwagen nach. Plötzlich hörte ich das Röhren von Flugzeugen. Es wurde immer lauter, die Maschinen schienen direkt über mich hinwegzufliegen. Ich hörte eine schreckliche Explosion, dann noch eine und eine dritte. Apathisch saß ich da und schloss die Augen. Tränen strömten über meine Wangen.

„Was machst du hier? Versteck dich, schnell, sie bombardieren uns!", rief mir jemand zu.

Ich öffnete die Augen und sah einen sowjetischen Soldaten vor mir stehen. Er trug einen roten Wimpel. Ich wollte etwas zu ihm sagen, ihm alles erzählen, brachte jedoch vor lauter Weinen keinen Laut heraus.

„Wer bist du?", fragte mich der Soldat. Ich konnte nicht antworten. Er half mir auf und gab mir ein Zeichen, ihm zu folgen. Ich tat ihm leid. Ich sah so elend aus.

„Wer bist du?", fragte er wieder.

„Ich bin eine Jüdin", gelang es mir zu sagen, dann folgte ich ihm. Unterwegs begegneten wir einer jungen Frau, deren Haar grau geworden war. Ihr dünnes, bleiches Gesicht legte Zeugnis davon ab, was sie durchgemacht hatte. Als sie mich sah, kam sie herbei und rief: „Du bist eine Jüdin!"

„Ja", antwortete ich. Sie umarmte mich und brach in Tränen aus. Der Soldat stand daneben und sah uns traurig zu. Ich bemerkte Tränen in seinen Augen.

Die Frau nahm sich meiner an. Sie brachte mich zu einem dreistöckigen Haus, in dem wir andere Juden trafen. Nur sehr wenige von uns hatten überlebt – man hätte sie in jeder Menge ohne Mühe erkennen können. Wir unterschieden uns von allen anderen Menschen, denn wir hatten die Hölle durchgemacht, was sich in unser Aussehen eingebrannt hatte. Jeder von uns erzählte seine Geschichte von Schrecken und Leid – und es gab viel zu erzählen.

Ich lag krank da, sehnte mich danach hinauszugehen. Ich wollte überall hinsehen, war jedoch zu schwach dazu. Die Front sei nicht weit entfernt, hieß es. Das Gerücht, dass die Deutschen womöglich zurückkamen, machte die Runde. Diese Unsicherheit bedrückte uns. Nachts hörte man wieder Bombendonner. Jeden Tag gingen Häuser in die Luft, weil die Deutschen sie vermint hatten. Eines Tages gab es einen Alarm und wer noch die Kraft dazu hatte, floh um sein Leben. Ich hatte nicht mehr die Kraft zu laufen, aber trotz meiner Schwäche rannte ich mit der Familie Milbauer davon. Wie sich herausstellte, flohen außer den Juden auch die Polen.

Der Bahnhof war voller Leute, die sich in die Waggons drängten. Als wir den Bahnsteig erreichten, war der Zug bereit zur Abfahrt. Wir wussten, wenn wir es nicht schafften, ihn noch zu erreichen, waren wir verloren. Die Waggons waren voller Menschen. Viele hatten nur noch auf den Dächern Platz gefunden. Der Lärm und die Hektik waren unerträglich, hie und da flogen sogar die Fäuste. Mütter suchten nach ihren Kindern und Kinder nach ihren Müttern. Es erforderte alle Kraft, sich zum Zug durchzukämpfen.

Verzweiflung ergriff mich. Ich würde es nie aus eigener Kraft in den Zug schaffen, konnte ich doch kaum stehen. Ein Teil der Menge schob mich voran, ein Teil drängte mich zurück. Ich gelangte zur Tür, doch jemand schubste mich weg. Plötzlich ertönte das Zugsignal. Die Schreie derjenigen, die draußen geblieben waren, schwollen an und ich stimmte mit ein: „Lasst mich hinein. Ich muss hier weg!“ Doch niemand beachtete meine Rufe. Jeder versuchte noch, in den Zug zu kommen. Ich klammerte mich an eine Waggontür und wurde wieder weggestoßen. Plötzlich sah mich Werner aus meinem Heimatdorf. Er war schon im Zug, streckte seine Hand aus und zog mich mit hinein – fast über die Köpfe der Menge hinweg. Im Waggon war eine entsetzliche Enge. Der Zug fuhr nach Czernowitz in Rumänien. Unterwegs standen wir stundenlang in den Bahnhöfen. Mitunter machte sich Panik breit, denn die Menschen hatten Angst vor Bombenangriffen.

Im Bahnhof von Luschany unweit von Czernowitz mussten wir drei Tage warten, bis die Eisenbahnbrücke repariert war. Von Soldaten bekamen wir etwas zu essen. Schließlich erreichten wir Czernowitz. Die Stadt war unversehrt geblieben und begrüßte uns mit Lärm und Tumult, ihrem lebendigen Pulsieren. Hier war das Leben normal – etwas, was ich schon lange nicht mehr gesehen hatte. Ich konnte kaum glauben, dass es einen solchen Ort überhaupt noch gab. Jede kleinste Einzelheit fesselte meine Aufmerksamkeit. Ich sah jeden an, wollte mit jedem reden, aber alle hetzten vorüber. Die Älteren schleppten Werkzeug und eilten zur Arbeit, die Jungen trugen Schultaschen und gingen zur Schule. Jeder war mit etwas beschäftigt. Wie sehnte ich mich nach einem solchen Leben! Plötzlich tat sich mir ein wundervoller Anblick auf: der Austria-Platz mit den Resten einer Statue in der Mitte. Überall standen Bänke, auf denen Menschen jeden Alters saßen, manche Zeitung lesend, andere in Bücher versunken. Auf dem ganzen Platz erklang Musik. Über Lautsprecher hörte ich eine Stimme sagen: „Geliebte Stadt, nun kannst du in Frieden schlafen …“

Mir war schwindelig von dem ganzen Lärm und Trubel. Daran war ich nicht gewöhnt. Wir Flüchtlinge standen mit offenem Mund im Gedränge und wussten nicht, wohin wir uns wenden sollten. Ich sah, dass man auf uns aufmerksam wurde. Menschen verlangsamten ihre Schritte, betrachteten uns neugierig und blieben bisweilen sogar stehen, um uns zu fragen, woher wir kamen.

„Wir sind den Deutschen entkommen", antwortete einer von uns.

„Den Deutschen!", wiederholte eine Frau, die ein Kind im Arm hielt. Nun prasselten die Fragen auf uns ein. Eine Frau kam zu mir und fragte besorgt: „Was meinst du, kommen die Deutschen zurück?"

„Sie kommen nicht zurück, sie kommen nie mehr zurück", antwortete ich felsenfest überzeugt. Erst im Nachhinein begann ich über die Antwort nachzudenken, die ich ihr gegeben hatte.

Sie kommen nie, nie wieder zurück, flüsterte ich, wie um mich selbst zu vergewissern.

Nachdem ich einige Tage in Czernowitz gewartet hatte, begegnete ich Engler, dem es gelungen war, sich während der Vernichtungswellen in Kossiw zu verstecken. Er sagte mir, dass ich 1943 dem sicheren Tod entkommen sei. Engler hatte den Mann getroffen, der am Tag, als man mich zur Hinrichtung in die deutsche Feldpolizeiwache gebracht hatte, zu mir gesagt hatte: „Ich möchte dir von ganzem Herzen helfen." Er hatte Engler gefragt, ob ich noch am Leben sei, und bat ihn, wenn er mich jemals irgendwo auf der Welt wiedersehen würde, mir zu erzählen, dass er es gewesen sei, der das Gebäude in Brand gesteckt habe, um mich zu retten. Er hatte sein eigenes Leben in Gefahr gebracht, um mir zu helfen – und ich konnte ihm nicht einmal für das danken, was er für mich getan hatte. Ich wusste nur, dass er Piotr hieß, kannte nicht einmal seinen Familiennamen. Wenn ich ihn nur finden könnte!

Ein paar Tage vergingen, in denen sich meine Gesundheit verschlechterte. Ich wurde in das Kinderkrankenhaus von Czernowitz gebracht. Dort kümmerte man sich liebevoll um mich. Das Krankenhaus war voller Kinder, die aus Transnistrien zurückgekommen waren. Die meisten hatten Erfrierungen an den Beinen, Brüche oder waren lungenkrank. Ich lag still im Bett und hoffte, bald wieder gesund zu sein. Manchmal erwachte ich nachts aus einem Albtraum und wusste nicht, wo ich war. Gelegentlich schrie ich im Schlaf und flehte die Deutschen an, Mitleid mit mir zu haben und mich nicht umzubringen. Dann kam die Krankenschwester, setzte sich neben mich, legte mir die Hand auf die Stirn und sagte: „Beruhige dich, du hast nur geträumt. Bald bist du wieder gesund. Die Deutschen kommen nicht mehr zurück!“

XXIII

Ich packte einen Rucksack, froh, mit dem Schiff zu meinem Ziel, dem Land Israel, zu reisen. Der Zug fuhr durch die Landschaft. Durch das offene Fenster sah ich Wiesen mit frischem grünem Gras und Wälder, die die Wiesen wie dunkle Bänder einzufassen schienen. Ich erreichte Wischnitz. Man schrieb das Jahr 1945. Der Zug fuhr weiter. Wir durchkreuzten die gesegneten Felder Siebenbürgens und zufriedene kleine Dörfer, kamen durch Rumänien, ein Land, das ich nicht kannte, und erreichten schließlich Bukarest. Dort blieb ich bis Ende 1947. Anschließend setzte ich meinen Weg fort. Ich reiste durch Bulgarien, wo ich vielen Menschen begegnete, die ebenfalls unterwegs nach Israel waren. Ich gesellte mich zu ihnen.

Wir gingen auf ein Schiff, das im schwachen Licht der Morgendämmerung auf den Wellen schaukelte. Wir legten ab. Das Schwarze Meer war still, beruhigend. Leicht glitt das Schiff über das glatte Wasser. Bisweilen schien es mir, als würden wir stillstehen, aber der Hafen entfernte sich immer weiter, ein Zeichen, dass wir vorankamen. Unter den Passagieren herrschte Unruhe. Unser Schiff war ein „illegales" Immigrantenschiff und wir wussten, dass uns noch einige Prüfungen bevorstanden. Wir saßen tief in Gedanken versunken da.

Die Sonne stand am Horizont und lächelte uns glücklich zu. Über dem Schiff flogen Möwenschwärme und erfüllten die Luft mit ihren Rufen. An Bord unseres Schiffs „Der jüdische Staat" befanden sich 2500 Passagiere. Hinter uns fuhr ein zweites Schiff, die „Erlösung", mit 1500 Mitreisenden an Bord. Die beiden Schiffe fuhren auf derselben Route und hatten dasselbe Ziel. Wir saßen dicht gedrängt zusammen, über uns der strahlende Himmel, um uns die See. Nur Himmel und Wasser.

Wir durchfuhren den Bosporus, kamen auf das offene Meer, durchquerten die Dardanellen und gelangten erneut auf das offene Meer. So waren wir zwei Wochen lang unterwegs. Am Ende der zweiten Woche sahen wir Flecken in der Ferne, die sich bewegten und immer größer wurden. Als sie näherkamen, stellte sich heraus, dass es riesige britische Kriegsschiffe waren. Unter den Passagieren machte sich Panik breit. Sieben britische Kriegsschiffe kreisten unser kleines Boot ein.

„Wir geben nicht auf!", sagten wir uns. Wir begannen den Zugang zum Schiff mit Stacheldraht zu versperren. Frauen und Kinder wurden unter Deck geschickt. Die Männer, mit Stöcken bewaffnet, blieben an Deck. Jeder war bereit zu kämpfen, jeder fühlte einen großen Hass auf die Angreifer. Eine böse Hand blockierte den Weg zu unserem Ziel.

Die Besatzung des Schiffs und der Kapitän, alle in Zivilkleidung, gesellten sich zu uns. Wir waren sicher, dass niemand sie an die Briten verraten würde. Unterdessen kamen die Kriegsschiffe immer näher, als wollten sie uns erdrücken. Die Briten sprachen über Lautsprecher zu uns und boten uns medizinische Hilfe und Essen an. Dann drohten sie, Gewalt anzuwenden, wenn wir uns nicht aus freien Stücken ergeben würden. Am Abend wurden die Drohungen wahr gemacht. An Bord der britischen Schiffe hörten wir fröhliche Musik, während die Soldaten Zigaretten rauchten und Kaffee tranken. An Bord unseres Schiffes waren wir seit zwei Tagen ohne Wasser und hatten kranke Kinder und schwache Alte unter uns. Plötzlich hörten wir ein Knirschen im Schiff.

„Wir sinken", rief jemand.

Die Briten feuerten eine Tränengasbombe auf uns.

„Mama, Mama, meine Augen, ich werde blind!", schrien die Kinder. Kurz darauf kamen die Briten an Deck. Wir fuhren unter Bewachung weiter, hatten aber keine Ahnung, wohin sie uns brachten. Das vor uns fahrende Schiff, die „Exodus", war nach bitteren Auseinandersetzungen und langem Hungerstreik der Passagiere nach Deutschland zurückgeschleppt worden. Wir begannen zu singen, die Jungen tanzten eine Hora. Für unsere neuen Feinde hatten wir nur verächtliche Blicke übrig. Wir waren trotz allem guten Mutes und zuversichtlich. Die Briten waren überall auf dem Schiff; manche versuchten sogar mit uns ins Gespräch zu kommen, doch niemand reagierte darauf. Wir weigerten uns sogar, Wasser von ihnen anzunehmen. Das Schiff fuhr weiter. Schließlich erreichten wir den Hafen von Haifa.

Dort blieben wir zwei Tage. Die Schwachen und Kranken wurden von Bord gebracht. An Deck stand eine junge Mutter, die ihr totes

Kind in den Armen hielt. An Land standen Zeitungsreporter und Fotografen, die den tragischen Anblick für die Nachwelt festhielten.

Danach wurden wir in ein Konzentrationslager nach Famagusta auf Zypern gebracht. Wir wurden hinter Stacheldraht eingesperrt. Dennoch lächelten wir uns zu. Jeder dachte: Was immer auch passiert, wir haben ein Ziel: unsere jüdische Heimat. Unter uns waren Menschen jeden Alters, Jung und Alt, aber wenn man berücksichtigte, was wir durchgemacht hatten, waren wir alle alt. Der vergangene Schrecken hatte in jedem von uns Spuren hinterlassen. Manche waren grau vor Gram geworden, manche Gesichter vorzeitig gealtert. Wir, die wir durch die Feuerhölle des Leides gegangen waren, hatten gelernt, unser Schicksal mit zusammengebissenen Zähnen hinzunehmen. Lager und Exil machten uns keine Angst mehr.

In Famagusta wurden wir untersucht, dann nahm Zypern seine neuesten Gefangenen auf. Der Sand unter unseren Füßen war durch die sengende Sonne brennend heiß, der Himmel über uns blau und klar. Eine eintönige Ebene erstreckte sich vor uns, und in der Ferne konnten wir Reihen dicht an dicht stehender Zelte sehen. Ein langer Konvoi aus Lastwagen brachte die Exilanten in das Lager. Wir waren müde und schmutzig, heißer Schweiß tropfte uns von der Stirn. Von Zeit zu Zeit kamen wir an ärmlichen Kinderunterkünften vorbei, von wo aus man uns in einer fremden Sprache etwas zurief.

Wir fuhren weiter. Die Briten blieben hinter und neben uns. Ich fühlte einen tiefen Hass auf diese kalten, arroganten, sturen Gesichter. Bevor der Transport losging, bekam jeder von uns einen mit Stroh zu füllenden Schlafsack, einen Teller und einen Löffel. Im Lager wurde das Eisentor hinter uns quietschend verschlossen, trennte uns von der Welt draußen. Überall um uns herum war Stacheldraht gespannt. Alle 200 Schritte stand ein Wachturm mit bewaffneten Posten, die uns Tag und Nacht im Auge behielten. Nachts erleuchteten die Briten das ganze Lager mit Flutlicht.

Über dem Eingang befand sich der Name des Lagers: „Camp 70". Es war neu und wir waren seine ersten Gefangenen. In der Ferne gab es noch viele weitere solcher Lager voller Leute, die sich nach Freiheit sehnten.

Das Lager war erfüllt von fieberhafter Aktivität. Eine neue Welt entstand, eine Welt hinter Stacheldraht. Wir begannen die Zelte aufzubauen, die Säcke mit Stroh zu füllen und die Betten zu machen. Rauch stieg aus den Kaminen auf, die Kessel kochten. Die Köche, die eher wie Rauchfangkehrer aussahen, beruhigten uns: Habt keine Angst, Freunde, bald gibt es eine wunderbare Suppe. Und tatsächlich bekamen wir eine Suppe, die wie für einen König gemacht schien. Wir sangen und tanzten, um den Feind zu ärgern. Und wir arbeiteten mit festem Willen. Die Erfahrung hatte uns eine unschätzbare Lektion gelehrt: Wir kamen mit jeder Situation zurecht. Mit Geduld bewaffnet warteten wir auf den Tag, an dem wir uns aufmachen konnten in Richtung unserer Heimat. „Warten, schon wieder warten!", seufzten wir.

Am nächsten Tag kam ein Bote aus Israel. Jeder wollte mit ihm sprechen, alle wollten hören, was er zu berichten hatte. Er war unsere einzige Verbindung zu diesem Land. Als wir am Abend um das Lagerfeuer saßen, sprach er zu uns. Er übermittelte uns Grüße und sprach uns Mut zu: „Es ist eine schwere Zeit, aber eine kurze im Vergleich zu dem, was ihr alle durchgemacht habt."

Seine Worte gaben uns neue Kraft und nährten die Hoffnung auf eine bessere Zukunft.

XXV

In der zweiten Woche nach unserer Ankunft verlegte man unsere Gruppe ins Camp 65, ein Alija-Jugendlager. Dort waren wir in Hütten und wesentlich komfortabler untergebracht. Das Camp 65 war voller Kinder, die ihre Zeit damit verbrachten, nachzulernen, was sie in den Kriegsjahren versäumt hatten. Der Sturm, der über uns hinweggefegt war und unsere Welt zerstört hatte, hatte uns über Nacht zu Erwachsenen gemacht, und wir arbeiteten nun mit doppelter Energie, uns Wissen anzueignen und ein gesundes Volk zu werden, das gerüstet war für produktive Arbeit. Die Ergebnisse waren bemerkenswert. Wir lernten nicht nur dazu und vertieften unser Verständnis, es kristallisierten sich unter uns auch Künstler und Denker heraus. Hinter dem Stacheldraht entstanden viele nennenswerte Kunstwerke – in Stein, auf Leinwand und auf Papier.

Wir waren gerade angekommen, als das Alija-Jugendlager neue Einreiseerlaubnisse bekam. Morgen, morgen würden wir mit dem Schiff in unser Land fahren! Aus jeder Kehle, jedem Herzen stiegen Freudenrufe auf. Wir wollten so laut rufen, dass uns die ganze Welt hören konnte – Freund und Feind gleichermaßen! Die letzte Nacht im Lager verbrachten wir singend und tanzend. Die Sterne verblassten und wurden unsichtbar, während der Himmel sich am Horizont rot färbte. Als der Tag anbrach, marschierten die jungen Gefangenen auf Zypern mit festem Schritt zu den Lagertoren, die uns von der Welt trennten.

Bald, bald würden sie sich öffnen und wir würden die Welt sehen – als freie Menschen! Unsere Augen waren auf einen einzigen Punkt gerichtet. Alle blieben ganz ruhig. Plötzlich gingen die Tore auf – wir waren frei, die ganze Welt lächelte uns an. Ohne es zu wollen, blickte ich noch einmal zurück. Diejenigen, die im Lager zurückblieben, winkten uns zu, verabschiedeten uns herzlich und freuten sich mit uns über unser Glück.

Das Schiff fuhr los und binnen weniger Stunden erblickten wir die Küste unserer Heimat. Am Horizont konnten wir im Dunst Hügel erkennen. Eine Stille machte sich auf dem Deck des Schiffs breit. Wir standen zusammen, Kinder, Junge und Alte, ohne ein Geräusch von uns zu geben. Der Dunst lichtete sich und in den Strahlen der aufgehenden Morgensonne erschien der Karmel in all seiner Schönheit, um die Kinder, die aus dem Exil in ihre Heimat zurückkehrten, willkommen zu heißen. Nun war es kein vager Traum mehr, nicht länger ein bloßes Gebet. Es war die Erfüllung, wundervolle Wirklichkeit.

Die Spannung an Bord erreichte ihren Höhepunkt. Mit einem Mal begann sich die Menge an Deck zu bewegen. Ein Ruf brach sich aus den Tiefen unserer Herzen Bahn, ein Ruf der Freude und des Glücks. Die Menschen lachten und schrien, umarmten sich und sangen „Hatikva".

Ich stand in Gedanken versunken da, unbeschreiblich bewegt, doch ohne in den Jubel einstimmen zu können. Ich konnte mich nicht freuen. Alle, die mir lieb gewesen waren, waren nicht mehr bei mir. Sie hatten nicht das Glück gehabt, diesen Augenblick genießen zu dürfen, waren umgekommen, dem Bösen zum Opfer gefallen und hatten mit ihrem Blut unseren Weg geebnet. Ihr Leid hatte uns die Rückkehr in die Heimat geöffnet. Meine Trauer war groß, der Schmerz schneidend. Ich konnte nicht einmal weinen.

Wir näherten uns der Küste. Die Sonne schien und gab immer mehr vom Land preis. Ihre Strahlen durchdrangen sogar mein trauerndes Herz, erfüllten es mit Licht, wärmten es und umfassten es wie die Hand einer liebenden Mutter, linderten den quälenden Schmerz und durchströmten es bis in alle Winkel mit einer tiefen, stillen Freude.

Auf den blauen Wellen unter dem goldenen Himmel fuhr unser Schiff in glorreicher Stille und brachte uns von einer stürmischen Vergangenheit voller Schrecken und Alpträume in eine bessere Zukunft, trug uns von der Sklaverei in die Freiheit.

Donia am Jordan

Donia mit Freundin

Unbeschwertes Zusammensein
mit Freunden

Auch Donia leistete im neugegründeten Staat Israel ihren Militärdienst, 1949

In der Gedenkhalle von Yad Vashem, Eppo & Janke Kooy, aus Holland, 1969

Donia Rosen begleitet Angehörige bei der Pflanzung eines Baumes im Hain der „Gerechten der Völker“

Donia Rosen begleitet Angehörige bei der Pflanzung eines Baumes im Hain der „Gerechten der Völker“, hier für die Familie Zwolakowski aus Frankreich, 1971

Als Leiterin der Abteilung „Gerechten der Völker“ mit Péré Parent, Frankreich, 21.06.1971

Lebensdaten von Donia Rosen und Daten der Zeitgeschichte, die Donias eigene Erzählung ergänzen.

Die kleine Stadt Kossiw gehörte noch zum nach dem Ersten Weltkrieg wiedererstandenen Polen, als die kleine Donia am 25. Dezember 1930 in die jüdische Familie Rosen hineingeboren wurde. Niemand ahnte etwas von dem bewegten Leben, das dieses Kind erwartete. Sie war noch keine zwei Jahre alt, als ihre Mutter starb. Schon bald fand der Vater eine neue Frau, gründete wieder eine Familie, in der Donia keinen Platz hatte. Er gab seine kleine Tochter in die Obhut der Großmutter mütterlicherseits, die mit ihrem Mann eine Gastwirtschaft in Scheschory betrieb.

Donia liebte diese Frau. Sie liebte ihre Oma über alles und wusste sich von ihr geliebt.

Die Menschen in ihrer Umgebung bewunderten das intelligente kleine Mädchen, das so schwer vom Schicksal getroffen war. Mitleid stand in den Gesichtern geschrieben. Doch Donia fragte nicht nach dem Warum, sondern suchte ihren Weg. Immer wieder spazierte sie durch die Natur, spielte im Wald und vergaß sehr oft die Zeit und alles um sich herum. Die Wildnis, das Wetter, die Jahreszeiten gehörten in der frühen Kindheit zu ihrem Alltag. Diese Erfahrungen, die sie hier sammelte, trugen entscheidend dazu bei, dass sie ein paar Jahre später überleben und ihr Leben retten konnte.

Die anfängliche Bewunderung, Anerkennung und das Mitgefühl der Nachbarn gegenüber der Halbwaisen waren nicht von Dauer. Die allgemeine Atmosphäre ließ keinen Raum dafür. Der Hass gegen Juden war nicht nur in ihrem Dorf deutlich zu spüren.

Das Mädchen wuchs heran und lernte mit den Ausgrenzungen umzugehen, auch wenn es ihr schwerfiel. Wäre sie doch so wie die anderen Kinder, die keine Angst haben mussten und die sich nicht immer schämen mussten. Immer wurde sie als „Jüdin“ verspottet. Sie begriff diesen Spott lange nicht. Es ist sehr schwer anders zu sein, besonders wenn man jung ist. Trotzdem konnte sie die 6. Klasse der öffentlichen Schule noch abschließen.

Die politische Lage verschonte auch die weiten Wälder der Karpaten nicht. Durch den Stalin-Hitler-Pakt wurde Polen wieder aufgeteilt. Die Karpaten fielen der UdSSR zu und hier der ukrainischen sowjetischen Volksrepublik. Dieses Gebiet wurde 1939 von der russischen Armee besetzt. Am 22. Juli 1941 überfiel die deutsche Armee die Sowjetunion. Sie begann einen beispiellosen Vernichtungskrieg.

Die Zeit verging und das Leben wurde nicht einfacher, besonders als die russischen Soldaten plötzlich verschwanden. Kurz bevor die Deutschen in die Karpaten vordrangen, am 16.–17. Oktober 1941, gab es ein Massaker gegen die Juden in Kossiw und Umgebung. Diejenigen, die überlebten, flüchteten, so auch Donia und ihre Großeltern.

Die Verantwortung für die Morde und Plünderungen unter der jüdischen Bevölkerung in Scheschory und Kossiw lag aber ganz und gar bei den Mitbewohnern der Orte, bei den Nachbarn. Sie erhofften sich Beute bei den Juden. Sie wussten, dass die Deutschen die Juden vertreiben und ausplündern würden. Dem wollten sie zuvorkommen. Dann waren die Deutschen da. Nach der Eroberung begann eine Zeit, die für die Bevölkerung noch schlimmer war. Denn sie wurde angeführt durch die SS zusammen mit Polizeikräften, die zur Aufgabe hatten, die jüdische und politisch aktive Bevölkerung zu ermorden. So bestanden die folgenden Monate und Jahre nur aus Furcht und Angst.

Die Leidenszeit Donias unter der Herrschaft der Deutschen ging erst mit dem Vorrücken der Roten Armee im Frühling 1944 zu Ende. Letztendlich befreite sie die besetzten Gebiete von dem Wahnsinn der deutschen Besatzung. Aber das durch den Stalin-Hitler-Pakt annektierte Gebiet Polens blieb bei der ukrainischen Sowjetrepublik und gehört seit dem Ende der UdSSR heute zur Ukraine. Die dort lebende polnische Bevölkerung wurde nach dem Krieg in die den Deutschen abgenommenen Gebiete jenseits der Oder-Neiße-Linie umgesiedelt.

Donia kam nach einer abenteuerlichen Reise 1945 nach Czernowitz und schloss sich dort der Alijah an. Die Kinder- und Jugend-Alijah war eine jüdische Organisation, die versuchte, möglichst viele Kinder und Jugendliche in der Zeit des Nationalsozialismus aus dem Deutschen Reich vor allem nach Palästina in Sicherheit zu bringen. Sie blieb auch nach dem Ende des Zweiten Weltkrieges aktiv und kümmerte sich um Kinder und Jugendliche, die als Waisen durch Europa irrten.

Donia folgte der Jugend-Alijah ans Schwarze Meer, um von dort als illegale Migrantin mit einem Schiff nach Palästina zu reisen. Die Engländer fingen auch dieses Schiff vor der Küste Palästinas ab, wie so manche anderen Schiffe, wie z. B. die „Exodus". Die Passagiere kamen als Illegale nach Zypern in Sammellager. Die Engländer nannten sie *„concentration-camps."* Und damit kam wieder Angst und Unsicherheit in ihr Leben. Wieder gefangen! Das Lager war mit Stacheldraht umgeben.

Monate vergingen. Letztendlich konnte Donia 1948 schließlich nach Israel immigrieren. Ihre große Sehnsucht! Hier war sie endlich gewollt. Niemals mehr würde sie wegen ihrer Herkunft oder ihrer Religion verfolgt werden. Endlich wusste sie, dass sie ein Leben vor sich hat, das sie auch mit der Last ihrer Vergangenheit, meistern kann. Entscheidungen würden von ihr gefordert werden. Aber es sollte ein Leben in Würde und Selbstbestimmung sein.

Für Donia war es wichtig, in Palästina angekommen die hebräische Sprache zu lernen. Zu lange hatte sie in den Jahren ihrer Flucht ohne schulische Bildung auskommen müssen. Sie war hungrig nach Bildung. Doch nun würde sie es nachholen. Sie wollte studieren. Die Vorbereitungszeit brachte ihr viel Freude, viel Wissen und viele neue Kontakte. Sie war nicht mehr allein.

1949 ging Donia zur israelischen Armee. Danach studierte sie an der Hebräischen Universität Geschichte und Literatur. Im Januar 1957 begann sie ihre Mitarbeit in Yad Vashem. Nach einigen Jahren wurde sie zur Direktorin der Abteilung „Die Gerechten der Völker" ernannt.

1965 bekam Olena, die wir aus Donias Buch kennen, die Anerkennung von Yad Vashem als eine der „Gerechten der Völker". Auch für sie wurde ein Olivenbäumchen gepflanzt in dem Hain, der die Gedenkstätte Yad Vashem umgibt.

Das war für Donia ein wunderbares Erlebnis. Olena hatte Donias Leben unter Einsatz ihres eigenen Lebens gerettet. Dafür gab es die Anerkennung des Staates Israels.

Unter den Menschen, denen Donia diese Ehrung weitergeben durfte, war auch der bekannte Oskar Schindler. Von der Begegnung mit diesem beeindruckenden Mann hat sie noch oft erzählt.

In späteren Jahren bekam Donia Besuch von einer alten Dame aus Kossiw. Sie hatte viel zu erzählen, aber eine der Nachrichten war ihr ganz besonders wichtig: „Piotr möchte, dass du weißt, dass er damals das Feuer in der Wache der deutschen Feldpolizei gelegt hatte". Ein Kreis konnte sich schließen.

Während des Eichmann-Prozesses wurde Donia von Yad Vashem beauftragt, daran persönlich teilzunehmen. Sie war erschüttert von der Haltung Eichmanns, der sich kühl distanziert „nur als Befehlsempfänger“ darzustellen versuchte.

Donia erkämpfte sich ein Leben, das sie zufrieden sein ließ, sie konnte ihre Vergangenheit und die vieler Glaubensgeschwister wieder lebendig werden lassen und dem Vergessen entreißen.

Doch in ihren Träumen erschien immer wieder ihre Oma, die ihr sagte, dass sie bei der Familie bleiben sollte. An jedem Gedenktag der Shoah erzählte Donia mit roten Augen, dass ihre Großmutter schon wieder mit ihr geschimpft habe, weil sie sich nicht an ihre Anweisungen gehalten hatte. Die Erinnerung an ihre Lieben bedrängten sie und ließen sie nicht los.

Aber gerade deshalb konnte Donia überleben. Genau das war der Triumph der ermordeten Familie. Sie sollte in der Erzählung, in der Erinnerung weiter existieren.

Die Vergangenheit konnte Donia niemals vergessen. Sie konnte einige Sachen verdrängen, aber nicht sehr gut. Ihr Körper erinnerte sie mit brutaler Gewalt an ihre Kindheit. Unendliche Schmerzen rief die Psyche aus den frühen Jahren in die Gegenwart; Schmerzen, die nicht betäubt werden konnten. Donia verbrachte 10 Jahre in der Psychiatrie „Eitanim“ bei Jerusalem, wo ich sie kennen und lieben lernte.

1991 – der Golfkrieg bedrohte Israel. Yad Vashem bat eine unserer hiesigen Mitarbeiterinnen der „Aktion Sühnezeichen Friedensdienste“ Donia in „Eitanim“ zu besuchen; die Freiwilligen, die vorher diese Aufgabe übernommen hatten, hatten frühzeitig das Land verlassen müssen.

So durfte ich eine gebildete, attraktive und liebevolle Dame kennenlernen. Ich habe sie immer sehr gerne besucht. Gemeinsam überlegten wir uns eine Alternative zu diesem trostlosen Leben in der psychiatrischen Klinik. Schon bald war der Umzug in ein „Betreutes Wohnen" möglich. Sie zog in meine Nachbarschaft. Aber sie war mehr noch als eine Nachbarin, sie wurde bald ein Familienmitglied.

Die Feiertage verbrachte sie im Rahmen meiner Familie und sehr gerne besuchten wir sie gemeinsam in ihrem neuen Zuhause.

Donias Erfolgsgeschichte, von einem Langzeitaufenthalt in einer Klinik wieder zu einem unabhängigen Leben zu finden, wurde in vielen Fachstudien erwähnt und begutachtet. Donia ist eine Superheldin in einem Leben, das nur von Superhelden gemeistert werden konnte. Ihre Belohnung waren viele weitere Jahre der Unabhängigkeit, Zufriedenheit und Gesundheit.

Am zweiten Tag des jüdischen Neujahrsfestes, dem 14.September 2007, starb Donia einen friedlichen Tod.

Ingrid Einat Lavie, Jerusalem ehemalige Freiwillige der „Aktion Sühnezeichen Friedensdienste", die zu einer engen Freundin Donias wurde.

Zeitgeschichtliche Ergänzungen: Martin Backhouse; Quellen: Yad Vashem; Wikipedia; persönliche Erinnerungen von Gerty Schübel, die als Freiwillige der „Aktion Sühnezeichen Friedensdienste" während eines Jahres Donia Rosen regelmäßig besuchte und ihr versprach, die Geschichte ihrer Flucht in Deutschland herauszubringen.

Olena Hryhoryshyn, so der gesamte Name von Olena.

Glossar

Challah: traditioneller Sabbat-Hefezopf

Chuppa: Die Bezeichnung der Hochzeit aber auch des Traubaldachins bei einer jüdischen Hochzeitsfeier

(Deutsche) Ghule: menschen- und leichenfressendes Fabelwesen

Hajdamaken: bewaffnete Bauern und „Räuber", die in der Tradition aufständischer Bauern und Kosaken standen, die im vorherigen Jahrhundert gegen die Unterdrückung des polnischen Adels, auch gegen die Juden kämpften.

Hatikva: Hoffnungslied, Israelische Nationalhymne

Hora: Kreistanz

Huzulen: Bergvolk in den Karpaten auch Hazaren genannt

Kiddusch: der Segensspruch mit dem u.a. das Essen am Sabbat und den jüdischen Feiertage eingeleitet wird.

Moskalen: Eine Bezeichnung für Russischsprachige bzw. Russen, die in den Gebieten des ehemaligen Polens und der Ukraine wohnten.

Shikseh: eine nichtjüdische Frau (mit einem etwas negativen Klang)

Widduj: Sündenbekenntnis

Quellen: Wikipedia unter den Begriffen; aktualisiert und ergänzt: Diana Liberova

Dank

Die Herausgeber Gerty Schübel und Martin Backhouse danken erst einmal Donia Rosen, dass sie die Kraft gefunden hat, ihre so entsetzliche Geschichte in einer bewegenden Sprache aufzuschreiben.

Dann gilt unser Dank der „Aktion Sühnezeichen Friedensdienste (ASF)“, die in diesem Jahr 2021 ein Jubiläum feiert. 60 Jahre ist es her, dass die ASF ihren Dienst in Israel begonnen hat. Durch die ASF sind Gerty Schübel und Ingrid Einat Lavie nach Israel gekommen. In ihrem Dienst haben sie Donia Rosen kennengelernt. Ihnen hat Donia Rosen ihre Geschichte anvertraut. Einat wurde Donia zur Freundin, die sie in ihren letzten Jahren begleitete. Ein besonderer Dank gilt ihnen.

Yad Vashem hat dem Verlag für die Veröffentlichung des Buches die Abdruckrechte des Bildes des Baumes Olenas und des dazugehörigen Textes genehmigt. Die Texte über Donia Rosen in der Homapage waren uns Korrektiv. Herzlichen Dank. Reinhard Ferstl hat in einer der Geschichte angemessenen, ausdrucksstarken Sprache das Buch aus dem Englischen übersetzt. Durch seine Übersetzung kann der Leser in Bildern die tragische Geschichte Donias nachvollziehen. Eine großartige Arbeit.

Nicht vergessen möchten wir in unserem Dank Maria Allner, München, die mit dem Gemälde die Vorlage für das Cover geschaffen hat.

Unser Dank gilt auch Diana Liberova, Stadträtin in Nürnberg und Mitglied der Israelitischen Kultusgemeinde, die uns beratend zur Seite stand und mit einem Beitrag und Korrekturen uns unterstützt hat.

Wir danken für finanzielle Unterstützung:

Dr. Esther Schlossberg Stiftung, München,

Ursula Lachnit-Fixson Stiftung, Berlin.

Für Vermittlung einer Unterstützung:

dem Direktor der Stiftung Bayerische Gedenkstätten und dem 1. Vizepräsidenten des Bayerischen Landtags, Herrn **Karl Freller**, MdL, und dem landeskirchlichen Beauftragten der Evangelischen Lutherischen Kirche in Bayern für den christlich-jüdischen Dialog, Herrn Pfarrer **Dr. Axel Töllner**.